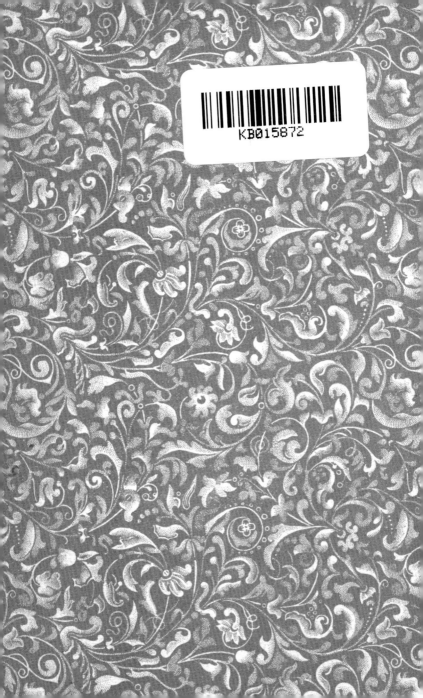

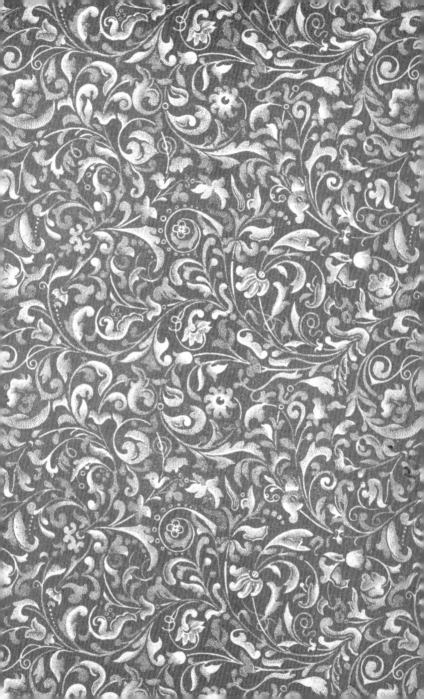

오스카 와일드

살 로 메

소 와 다 리

2019

마가복음 6장 17절~21절

[17]전에 유대의 왕 헤롯이 동생 빌립의 아내 헤로디아와 혼인을 하매, 그 여자로 말미암아 사람을 보내어 요한을 잡아 감옥에 가두었는즉 [18]이는 요한이 헤롯에게 이르기를 동생의 아내를 뺏은 것이 법도에 어긋난다 말하였기 때문이니라. [19]이 말에 헤로디아가 요한을 미워하여 그를 죽이고자 하였으되 그러지 못한 것은, [20]헤롯이 요한을 의롭고 거룩한 사람으로 여겨 두려워하여 지켜보며 또한 그가 말을 할 때마다 번민을 하면서도 기꺼이 들었음이라. [21]마침 기회가 좋은 날이 왔으니 이는 곧 헤롯의 생일이라. 헤롯이 대신들과 천부장들과 갈릴리의 귀인들과 더불어 잔치를 벌이매…….

Oscar Wilde

〈표지 디자인 밑그림〉

나의 벗

피에르 루이스에게

살 로 메

단막으로 구성된 비극

이한이

오스카 와일드의 프랑스어 작품을
한국어로 번역함

삽화 16장

오브리 빈센트 비어즐리

도서출판 소와다리

대한민국
2019

〈표제지〉

옮긴이 ┃ 이한이

번역가이자 출판기획자로 활동하고 있다. 옮긴 책으로 『지옥에서 보낸 한철』
『하멜른의 피리 부는 사나이』『창조적 괴짜를 넘어서』『몰입, 생각의 재발견』
『New』『디지털 시대, 위기의 아이들』『킬러 넥스트 도어』 등 다수가 있으며 지
은 책으로 『문학사를 움직인 100인』이 있다.

오브리 비어즐리 삽화 목록

〈삽화 목록〉

일러두기

- 번역은 1893년에 발행된 프랑스어판을 저본으로 하였습니다.
- 삽화는 1894년에 발행된 영어판을 기준으로 수록하였습니다.
- 인물의 이름 및 지명은 성경을 기준으로 표기하였습니다.
- 어깨점•이 달린 단어는 책 말미에 보충설명을 하였습니다.

등장인물

헤롯 안디바, 유대 왕국의 분봉왕[*]

요카난, 예언자

시리아인 청년, 경비대장 나라보트

티겔리누스, 로마 청년

카파도키아인

누비아인

병사1

병사2

헤로디아의 시녀

유대인들과 나사렛인들

노예들, 마낫세, 이사카, 옷시아

나아만, 사형집행인

헤로디아, 분봉왕 헤롯의 아내

살로메, 헤로디아의 딸

살로메의 몸종들

〈달 속의 여인〉

살 로 메

장면

(헤롯 왕의 궁전 연회장과 맞닿은 테라스. 병사 몇몇이 발코니 난간에 기대 서 있다. 무대 오른쪽에는 웅장한 계단이 있고, 왼쪽 뒤편으로 청동색 이끼가 낀 낡은 우물이 있다. 달빛이 환하게 쏟아진다.)

시리아인 청년

오늘 밤 살로메 공주님은 어찌 저리도 아름다우실까!

헤로디아의 시녀

달 좀 봐요. 정말 기이하군요. 무덤에서 기어 나온 여자 같아요. 꼭 죽은 여자 같아요……. 시체를 찾나 봐요.

시리아인 청년

오늘은 평소보다 더 아름다우신 걸. 금색 너울을 쓰고 은색 신을 신은 게 꼭 꼬마 공주님 같아. 공주님 발이 꼭 작고 새하얀 비둘기 같아……. 춤을 추시나 봐.

헤로디아의 시녀

꼭 죽은 여자 같아요. 무척 느릿느릿 움직여요.

(연회장에서 말싸움하는 소리가 들린다.)

병사1

아우, 시끄러워! 대체 어떤 짐승들이 이렇게 시끄럽게 짖어 대는 거야?

병사2

유대인° 놈들이지. 항상 저렇게 싸운다니까. 종교 때문에 싸우는 거래.

병사1

종교 때문에 싸운다고? 아니, 왜?

병사2

알 게 뭐야. 만나기만 하면 시도 때도 없이 싸우는데. 뭐라더라, 바리새인°들은 천사가 있다고 우기고, 사두개인°들은 천사가 없다고 우기고.

병사1

그런 일로 싸우다니, 어처구니가 없군.

시리아인 청년

오늘 밤 살로메 공주님은 정말로 아름다우시구나!

헤로디아의 시녀

아직도 공주님을 쳐다보고 있는 거예요? 너무 빤히 쳐다보잖아요. 그렇게 사람을 빤히 쳐다보면 안 돼요……. 그러다 정말 큰일이 나고 말 거예요.

시리아인 청년

오늘 밤 살로메 공주님은 참으로 아름다우시구나! 참으로 아름다우셔!

병사1

폐하의 용안이 어두워 보여.

병사2

그러게. 기분이 안 좋으신가 봐.

병사1

뭘 보고 계신 것 같은데?

병사2

누군가를 쳐다보고 계셔.

병사1

쳐다보다니, 누굴?

병사2

난들 아나.

(카파도키아인, 누비아인이 병사들에게 다가온다.)

시리아인 청년

공주님 얼굴이 창백하셔! 저렇게 창백한 공주님은 뵌 적이 없는데. 은거울에 비친 백장미처럼 얼굴이 새하얗잖아.

헤로디아의 시녀

그만 좀 쳐다보세요. 공주님을 너무 빤히 쳐다보잖아요!

병사1

헤로디아 왕비님이 폐하께 술을 따르셨어.

카파도키아˚인

파란 분을 머리에 뿌리고 진주 달린 검은 너울을 쓰신 분이 헤로디아 왕비님이신가?

병사1

그래, 맞아. 헤로디아 왕비님.

병사2

폐하께서는 포도주를 아주 좋아하셔. 포도주를 세 종류나 갖고 계시지. 하나는 사모트라키아˚ 포도주인데 카이사르˚의 망토처럼 보랏빛이야.

카파도키아인

카이사르를 본 적이 있어야 말이지.

병사2

또 하나는 키프로스[•] 포도주인데, 황금 같이 노랗다네.

카파도키아인

황금, 그거 좋지.

병사2

그리고 나머지 하나는 시칠리[•] 포도주야. 그건 피처럼 새빨갛다네.

누비아[•]인

우리나라 신은 피를 무척 좋아하셔. 해마다 두 번 젊은 장정 오십에 처녀 백을 제물로 바치는데 말이야. 그런데도 우리한테 가혹한 시련을 주시는 걸 보면 우리가 바치는 제물이 충분하지 않은가 봐.

카파도키아인

내 고향 나라에는 지금 신이 없다네. 로마 놈들이 쫓아내 버렸거든. 사람들 말로는 신들이 깊은 산골짜기로 몸을 피했다나 뭐라나. 하지만 난 그렇게 생각하지 않아. 사흘 밤낮으로 산을 샅샅이 뒤져 봤는데, 신을 찾지 못했거든. 신들의 이름을 아무리 불러 봐도 신은 끝내 나타나지 않았어. 신은 정말 죽은 것 같아.

병사1

유대인들이 섬기는 신은 눈에 보이지 않아.

카파도키아인

그건 또 무슨 소리야?

병사1

그러니까, 보이지도 않는 걸 믿는 거야, 유대인들은.

카파도키아인

말도 안 돼.

요카난•

(목소리만 들려온다.) 내 뒤로 나보다 힘 센 분께서 오시리라. 나는 그분 신발 끈조차 풀 자격이 없는 자이니. 그분 오시는 날에는 황무지가 기뻐 노래하리라. 백합처럼 피어나리라. 장님은 눈이 뜨이고, 귀머거리는 귀가 열릴 것이며…….. 갓난아이가 용이 사는 동굴에 손을 넣고, 갈기를 부여잡고 사자를 이끌고 가리라.

병사2

닥치지 못할까! 저놈은 눈만 뜨면 헛소리를 지껄인다니까.

병사1

항상 그런 건 아니야. 저 양반은 독실한 신자라네. 아주 점잖기도 하고. 매일 밥을 줄 때마다 고맙다고 인사를 하던 걸.

카파도키아인

뭐하는 사람이래?

병사1

예언자라던데.

카파도키아인

이름이 뭔지 아나?

병사1

요카난•.

카파도키아인

어디서 왔는데?

병사1

광야에서. 메뚜기랑 석청•을 먹고 살았다는군. 그땐 낙타털 옷을 입고 가죽 띠를 허리에 둘렀는데, 어찌나 사나워 보이던 지……. 추종자도 많았고, 제자도 여럿 있었다나 봐.

카파도키아인

뭐라고 떠드는 건가?

병사1

난들 아나. 가끔 고약한 말을 지껄여 대는데, 도대체 알아들을 수가 있어야 말이지.

카파도키아인

저놈 얼굴 좀 볼 수 있나?

〈검은 망토〉

병사1

아니, 안 돼. 폐하께서 금하셨다네.

시리아인 청년

공주님이 부채로 얼굴을 가리셨어! 하얗고 조막만 한 손이 꼭
보금자리로 날아가는 비둘기 날갯짓처럼 한들거리네. 손이 마
치 흰 나비 같아. 정말이지 흰 나비 같아.

헤로디아의 시녀

그래서 그게 어쨌다는 건가요? 왜 공주님을 그렇게 빤히 쳐
다보는 거예요? 쳐다보면 안 돼요……. 그러다 큰일이 나고 말
거라구요.

카파도키아인

(우물을 가리키면서) 감옥 한번 희한하게 생겼구먼!

병사2

오래된 우물이라네.

카파도키아인

오래된 우물? 온갖 병이 들끓겠구먼.

병사2

그렇지도 않아. 폐하의 동생분 알지? 헤로디아 왕비님의 첫
남편 말일세. 저기에 열두 해나 갇혀 계셨는데도 멀쩡하셨어.
결국 목 졸려 돌아가셨지만.

카파도키아인

목을 졸라? 누가 감히 그런 짓을…….

병사2

(덩치 큰 흑인 사형집행인을 가리키며) 누구긴. 저 나아만이지.

카파도키아인

나아만이 겁을 내던가?

병사2

아니, 겁낼 필요 없잖나. 폐하께서 반지를 보내셨는데.

카파도키아인

반지라니, 무슨 반지를 보내셨단 말인가?

병사2

사형 반지 말일세. 그래서 겁내지 않았던 거야.

카파도키아인

그래도 왕의 목을 조르다니, 끔찍하군.

병사1

왜? 왕도 목은 하나뿐인데, 다른 사람들처럼.

카파도키아인

나라면 무서웠을 거야.

시리아인 청년

공주님이 일어나신다! 식탁을 떠나시는데! 연회가 지루하신가 봐. 아! 공주님이 이쪽으로 오신다! 그래, 이쪽으로 오셔. 옥 안이 창백해. 저렇게 창백한 공주님은 뵌 적이 없어…….

헤로디아의 시녀

쳐다보지 마세요. 제발 쳐다보지 마세요.

시리아인 청년

길 잃은 작은 비둘기 같군……. 바람에 나부끼는 수선화 같고……. 은색 꽃 같아.

(살로메 등장.)

살로메

더는 앉아 있기 싫어. 더는 못 앉아 있겠어. 어째서 폐하는 나를 계속 쳐다보실까? 두더지 같은 눈동자로 눈꺼풀을 바르르 떨면서 말야. 어머니의 남편이 나를 그런 눈으로 쳐다보다니, 이상하잖아. 대체 무슨 마음으로 그러시는 건지 모르겠어……. 아니, 나는 알아.

시리아인 청년

연회장에서 나오셨나이까, 공주님?

살로메

여기는 공기가 참 상쾌하구나! 이제야 숨통이 트이는 것 같

아! 예루살렘에서 온 유대인들은 우스꽝스러운 의례 때문에
편을 갈라 싸우질 않나, 이방인●들은 종일 포도주를 마시고
바닥에 토하질 않나. 스미르나● 사람들은 눈과 볼에는 얼룩덜
룩한 분을 발랐지, 곱슬머리는 얼기설키 엉켰지, 옥으로 손톱
을 장식하고 갈색 망토를 걸친 이집트인들은 말은 없지만 죄
다 사기꾼들이지, 로마인들은 흉악하고, 무식하고, 음담패설
을 입에 달고 다니지. 아! 로마인이라면 딱 질색이야. 천한 상
놈들 주제에 고귀한 귀족 흉내를 내다니.

시리아인 청년
이쪽으로 앉으소서, 공주님.

헤로디아의 시녀
어째서 공주님께 말을 걸지요? 어째서 공주님을 쳐다보지요?
오! 큰일이 날 거에요.

살로메
달을 보니 기분이 좋구나! 달이 작은 동전 같네. 마치 자그마
한 은꽃 같아. 차갑고 깨끗한 달은……, 분명 숫처녀일 거야.
순결하니까 아름다운 거야. 그래, 달은 숫처녀. 더럽혀지지
않았어. 다른 여신들처럼 사내들에게 몸을 내어 주지 않았으
니까.

요카난의 목소리
주께서 오셨도다! 사람의 아드님께서 오셨도다! 켄타우로스●
는 강물 속에 몸을 숨겼고, 세이렌●은 물가를 떠나 숲에 깔린

낙엽 아래 엎드렸도다.

살로메

누가 소리를 지르는 거지?

병사2

예언자입니다요. 공주마마.

살로메

아, 예언자! 폐하께서 두려워하시는 그 예언자 말이냐?

병사2

소인들은 그런 것까지는 모릅니다요, 공주마마. 저놈은 예언
자 요카난이라 하옵니다.

시리아인 청년

가마를 대령할까요, 공주님? 오늘 밤 정원이 너무나 아름답사
옵니다.

살로메

저놈이 어마마마에 대해 망측한 말을 지껄여 댄다는 바로 그
놈이렸다?

병사2

공주마마. 소인들은 저놈이 하는 말을 도무지 알아들을 수가
없습니다요.

살로메

그래, 저놈이 어머니에 대해 망측한 말을 하는 거야.

살로메의 몸종

공주마마! 폐하께서 지금 당장 연회장으로 돌아오라 명하셨사옵니다요.

살로메

난 가지 않을 테야.

시리아인 청년

황공하옵니다만, 공주님. 돌아가지 않으시면 화를 당하실 것입니다.

살로메

늙었느냐? 그 예언자.

시리아인 청년

공주님, 당장 돌아가셔야 하옵니다. 연회장까지 소인이 모시겠나이다.

살로메

그 예언자…… 늙었느냐 물었다!

병사1

아닙니다. 공주마마. 새파랗게 젊습니다요.

병사2

그게……. 소인들은 잘 모릅니다요. 어떤 사람들은 저놈이 엘리야•라고 하던뎁쇼?

살로메

엘리야가 누구지?

병사2

우리나라의 아주 옛적 예언자입니다요, 공주마마.

살로메의 몸종

공주마마, 폐하의 명에는 뭐라고 아뢰어야 할깝쇼?

요카난의 목소리

오, 팔레스타인•의 땅이여, 너희를 때리던 매가 부러졌다고 기뻐하지 말지어다. 뱀에게서 바실리스크•가 나올 것이요, 그로부터 난 종자들이 새를 먹어 치우리니.

살로메

목소리가 어쩜 저리도 황홀할까! 요카난과 이야기를 하고 싶구나.

병사1

공주마마, 황공하오나 아니 될 말씀입니다요. 폐하께서는 저 자가 입을 여는 걸 좋아하지 않으십니다. 제사장일지라도 저 자와 말을 해서는 안 된다고 명하셨습지요.

〈요카난과 살로메〉

살로메

저자와 이야기를 하고 싶구나!

병사1

아니 되옵니다, 공주마마.

살로메

하고 싶다니까!

시리아인 청년

공주님, 연회장으로 돌아가심이 좋을 줄로 아뢰옵니다.

살로메

예언자를 감옥에서 꺼내 오라.

병사1

소인들은 감히 그럴 수가 없습니다요, 공주마마.

살로메

(우물로 다가가 안을 들여다보며) 아이, 캄캄해라! 이렇게 새카맣게 어두운 굴속에 있으면 얼마나 무서울까! 마치 무덤 같구나……. *(병사들에게)* 내 말이 안 들리느냐? 저자를 꺼내 오라하지 않았느냐! 보고 싶다 하지 않았느냐!

병사2

공주마마, 제발 명을 거두어 주소서.

살로메

나를 기다리게 할 셈이냐?

병사1

공주마마, 소인들 목숨은 공주마마 것입니다요. 허나 지금 내리신 명은 도저히 받들 수가 없습니다……. 소인들이 할 수 있는 일이 아니옵니다요.

살로메

(시리아인 청년을 보며) 아!

헤로디아의 시녀

아, 지금 무슨 일이 생기려는 거지? 틀림없이 큰일이 나고 말거야!

살로메

(시리아인 청년에게 다가가며) 해 줄 거지? 그렇지, 나라보트? 해 줄 거지? 내가 늘 상냥하게 대해 주었잖아. 내 부탁 들어줄 거지? 아니야? 그저 난 한번 보고 싶은 것뿐이야, 저 이상한 예언자를. 저 사람 이야기는 많이 들었어. 폐하께서 하루가 멀다 하고 말씀하시는 걸. 무서우신가 봐. 폐하께서는 겁을 먹은 게 분명해……. 너도 그런 거야? 나라보트, 너도 저자가 무서운 거야?

시리아인 청년

그렇지 않사옵니다, 공주님, 소인은 그 누구도 무섭지 않사옵니다. 허나 폐하께서 이 우물의 덮개를 들어 올리는 것을 절대로 금하셨나이다.

살로메

아니, 나라보트. 넌 내 부탁을 들어줄 거야. 그러면 내일 가마를 타고 우상° 파는 가게 문 앞을 지날 적에 널 위해 작은 꽃을 떨어뜨려 줄게. 작은 녹색 꽃을.

시리아인 청년

공주님, 저는 못 하옵니다. 저는 못 하옵니다.

살로메

(웃으며) 넌 내 부탁을 들어줄 거야, 나라보트. 그럴 거라는 걸 너도 알잖아. 있지, 그러면 내일 아침에 내가 가마를 타고 우상 파는 가게 마당에 모인 사람들 사이를 지날 적에 말이야, 속이 비치는 너울 너머로 너를 바라봐 줄게. 어쩌면 미소를 지어줄 지도 모르지. 나를 봐, 나라보트. 내 눈을 봐. 아! 내 부탁 들어줄 거구나. 너도 그렇게 생각하잖아, 안 그래? 나는 알아.

시리아인 청년

(병사3에게 신호하며) 예언자를 꺼내라……. 공주마마께서 보자 하신다.

살로메

아!

헤로디아의 시녀

오! 달 모양이 참으로 불길하구나! 마치 수의로 몸뚱이를 가리려는 죽은 여자의 손 같아.

시리아인 청년

오! 달 모양이 참으로 신비롭도다! 마치 어여쁜 공주님의 호박색 눈동자 같구나. 너울처럼 하늘거리는 구름 너머로 미소 짓는 어여쁜 공주님 같구나.

(예언자가 우물에서 나온다. 그를 본 살로메는 뒷걸음질 친다.)

요카난

신에 대한 불경의 잔을 가득 채운 자여, 어디에 있느냐? 은으로 지은 옷을 걸치고 언젠가 백성 앞에서 죽을 자여, 어디에 있느냐? 이리 나와 사막과 왕궁에서 울부짖는 이들의 목소리를 들으라!

살로메

누구한테 하는 말이지?

시리아인 청년

모르옵니다, 공주님.

요카난

성벽에 그려진 갈대아˙ 사내들의 모습만 보고 욕정에 눈이 멀어 사신들을 보낸 계집은 어디에 있느냐?

살로메
어마마마 말이로구나.

시리아인 청년
아니옵니다, 공주님.

살로메
맞아, 어마마마 얘기야.

요카난
허리춤에 칼을 두르고 머리엔 오색으로 빛나는 투구를 쓴 아시리아[•]의 장수들에게 몸을 내던진 계집은 어디에 있느냐? 아마[•]로 짠 옷을 풍신자석[•]으로 치장하고 황금 방패를 들고은 투구를 머리에 쓴 강건한 이집트 사내들에게 몸을 내어 준 계집은 어디에 있느냐? 간음과 근친상간을 일삼는 침상에서 일어나, 주님의 길을 따를 준비를 하는 이의 말에 귀를 기울이라, 지은 죄를 회개하라. 비록 회개하지 아니하고 죄악을 거듭한다 할지라도, 오라 이르라, 심판의 도리깨가 주님의 손에 있느니라.

살로메
에그 무서워라! 에그 끔찍해라!

시리아인 청년
여기 계시면 아니 되옵니다, 공주님. 부디 연회장으로 돌아가시옵소서!

살로메

그중에 특히 무서운 건 저 눈이로다. 티레*의 양탄자가 햇불에 타서 뚫린 구멍처럼 시커멓구나. 용이 똬리를 틀고 들어앉은 이집트의 동굴처럼 칠흑 같구나. 멋진 달빛이 희뿌윰하게 깔린 검은 호수 같구나……. 그런데 저자가 다시 입을 열까?

시리아인 청년

여기 계시면 아니 되옵니다, 공주님! 제발, 가셔야 하옵니다!

살로메

너무 야위었구나! 상아로 깎은 가녀린 조각상 같구나. 은으로 빚은 조각상 같구나. 틀림없이 저 달처럼 순결할 거야. 마치 빛나는 은 같아. 살갗은 분명 아주 차가울 거야, 상아처럼……. 가까이서 보고 싶구나.

시리아인 청년

아니 되옵니다, 공주님!

살로메

가까이서 봐야겠다.

시리아인 청년

공주님! 공주님!

요카난

나를 쳐다보는 저 여인은 누구더냐? 저 여인이 나를 쳐다보는 게 싫다. 어찌하여 금분 바른 눈꺼풀 아래 금색 눈동자를 치켜뜨고 나를 바라보는 것이냐? 저 여인이 누구인지 나는 모른다. 물러가라 이르라. 저 여인과 말하고 싶지 않다.

살로메

나는 헤로디아의 딸이자 유대 왕국의 공주, 살로메라 하오.

요카난

물럿거라, 바빌론●의 계집이여! 주께서 선택하신 자에게서 물러날지어다! 네 어미는 이 땅을 부정한 포도주로 가득 채웠노라. 아우성치는 그 죄악이 신의 귀에 닿았노라!

살로메

다시 말해 보오, 요카난. 그대 목소리가 나를 취하게 하오.

시리아인 청년

공주님! 공주님! 공주님!

살로메

다시 말을 해 보시오, 다시 말을 하시오, 요카난, 내 어찌해야 그대가 다시 말을 하오리까?

요카난

다가오지 마라, 소돔●의 계집이여. 얼굴을 너울로 가리고 머리에 검은 재를 뿌리고 사람의 아들을 찾아 황무지로 들어갈지어다.

〈슬퍼하는 벗〉

살로메

사람의 아들? 그게 대체 누구지? 그대처럼 아름다운가, 요카난?

요카난

물럿거라! 물럿거라! 죽음의 천사가 펄럭이는 날갯짓 소리가 들리는구나!

시리아인 청년

공주님, 제발 돌아가시옵소서!

요카난

주 하나님의 천사여, 칼을 들고 이곳에서 무얼 하시나이까? 이 불결한 궁전에서 누굴 찾고 계시나이까? 은으로 지은 옷을 입은 자가 죽을 날은 아직 오지 않았나이다.

살로메

요카난!

요카난

누구냐?

살로메

요카난이여! 나는 그대의 육신에 매혹되었도다. 그대의 몸은 목동의 낫질에 한 번도 베인 적 없는 순결한 백합처럼 하얗구나. 그대의 몸은 산에 쌓인 눈처럼, 유대 왕국의 산에 쌓여 있다 계곡으로 흘러내리는 눈처럼 하얗구나. 아라비아 여왕의 정원에 핀 백장미도 그대의 몸보다 하얗지는 않으리라. 아라비아 여왕의 정원에 핀 장미가 다 무어냐. 잎사귀를 지르밟는 에오스●의 새하얀 발자욱도, 바다의 품에 몸을 묻는 아르테미스●의 뽀얀 젖가슴도……, 세상 그 무엇도 그대의 몸보다 하얗지는 않으리라. 그대 몸을 만지게 해 다오.

요카난

물럿거라, 비빌론의 여인이어! 사악함은 여인으로 하여금 세상으로 들어왔나니. 그 입을 다물라. 네 말을 듣고 싶지 않느니라. 나는 오직 주 하나님의 말씀만을 듣노라.

살로메

그대의 몸은 흉측하구나! 문둥이와 다를 게 무엇이냐? 살무사가 기어 다니는 회벽●과 다를 게 무엇이냐? 전갈이 둥지를 튼 회벽과 다를 게 무엇이냐? 역겨운 것들로 가득한 새하얀 무덤과 다를 게 무엇이냐? 끔찍하구나, 끔직해. 그대의 몸은! 내가 매혹된 건 그대의 머리카락이로구나. 요카난이여. 그대의 머리카락은 마치 포도송이, 에돔● 사람들의 땅, 에돔의 포도원에 매달린 새까만 포도송이 같구나. 그대의 머리카락은 마치 백향목●, 낮 동안 숨어 있어야만 하는 사자와 도적들에게 그늘을 드리워 주는 거대한 백향목 같구나. 길고 검은 밤도, 달이 뜨지 않고, 별이 겁을 먹는 밤도, 그대의 머리카락만큼 검지는 않으리라. 저 숲속의 침묵도 그토록 검지는 않으리라. 세상 그 무엇도 당신 머리카락보다 검지는 않으리라. 그대의 머리카락을 만지게 해 다오.

요카난

물럿거라, 소돔의 계집아! 내 몸에 손대지 말지어다! 주 하나님의 성전을 더럽히지 말지어다!

살로메

당신 머리카락은 불쾌해! 진흙범벅에 먼지투성이야. 당신 머리에는 가시 면류관이 둘러져 있다고 하더군. 목덜미에 검은 뱀이 똬리를 틀고 꿈틀거리는 것 같다고도 하더군. 나는 당신 머리카락을 좋아하는 게 아니야……. 내가 반한 건 당신 입술이야, 요카난. 당신 입술은 상아 탑에 두른 주홍색 띠 같아. 상아 칼로 자른 석류 열매 같아. 티레의 정원에 피는 붉은 장미보다 더 붉은 석류꽃도 그토록 붉지는 않을 거야. 왕의 행차를 알리고 적을 두려움에 떨게 하는 붉은 나팔도 그토록 붉지는 않을 거야. 당신 입술은 포도를 밟아 즙을 짜는 여인의 발보다도 더 붉어. 사제들에게 먹이를 받아 먹는 사원의 비둘기 다리보다도 더 붉어. 숲에서 사자를 죽이고 황금색 호랑이를 보고 도망쳐 나온 자의 발보다도 더 붉어. 당신의 입술은 어부들이 황혼녘 바다에서 건져내 왕에게 진상할 산호 가지 같아! 모압˙ 사람들이 광산에서 캐내어 왕에게 진상한 주홍색 진사˙ 같아. 진홍색 칠을 하고 산호 장식을 단 페르시아 왕의 활 같아. 당신 입술처럼 붉은 것은 이 세상에 없을 거야……. 그대 입술에 입 맞추게 해 줘.

요카난

어림도 없다! 바빌론의 계집년! 소돔의 계집년! 절대로, 절대로 안 된다.

살로메

당신 입술에 입 맞출 테야, 요카난! 당신 입술에 입 맞출 거라구.

시리아인 청년

몰약처럼 향기로우신 공주님, 비둘기처럼 순결하신 공주님, 그놈에게 눈길을 주지 마옵소서! 쳐다보지를 마옵소서! 그런 말씀 하지를 마옵소서. 저는 견딜 수가 없습니다……. 공주님, 공주님, 그런 말씀 하지를 마옵소서.

살로메

당신 입술에 입 맞출 테야, 요카난.

시리아인 청년

아악! *(자결하여 살로메와 요카난 사이에 쓰러진다.)*

헤로디아의 시녀

시리아인 청년이 자결하였구나! 청년 대장이 자결하였구나! 내 친구였건만, 자결하고 말았구나! 내가 감송향[•]이 든 작은 상자를 주고, 은으로 만든 귀걸이도 주었는데, 자결해 버렸구나! 아! 큰일이 날 거라고 내 진작 말하지 않았던가? 그렇게 말을 했건만 큰일이 나고야 말았구나. 달이 시체를 찾고 있음은 내 이미 알고 있었지. 하지만 달이 찾던 시체가 바로 청년 대장이었음은 나 미처 몰랐네. 아! 나는 어째서 그를 숨기지 않았을까? 만약 그를 동굴 속에 숨겼더라면 달이 보지 못했을 텐데.

병사1

공주마마, 경비대장이 자결했습니다요!

살로메

네 입술에 입 맞출 테야, 요카난.

요카난

두렵지 않느냐, 헤로디아의 딸이여. 왕궁 안에서 죽음의 천사가 날갯짓 하는 소리를 들었다고 내 말하지 않았더냐? 죽음의 천사가 왔다 하지 않았더냐?

살로메

네 입술에 입 맞출 테야.

요카난

간음하는 여인의 딸이여, 너를 구원하실 이는 오직 한 분뿐이니라. 가서 내가 말한 그분, 주님을 찾으라. 주님께서는 갈릴리 바다*에 떠 있는 배에 계시며, 제자들에게 말씀을 하고 계시나니. 바닷가에 무릎 꿇고 주의 이름을 부르라. 주께서 너에게 오시리니, 주를 찾는 모든 이에게 오시리니, 주님 발치에 엎드려 네 지은 죄 사함을 구하라.

살로메

네 입술에 입 맞출 테야.

요카난

저주를 받으라, 근친상간한 어미의 딸이여, 저주를 받으리라.

살로메

네 입술에 입 맞출 테야, 요카난!

요카난

너를 보고 싶지 않다. 너를 보지 않으리라. 저주를 받으리라, 살로메여, 저주를 받으리라. *(우물 속으로 들어간다.)*

살로메

네 입술에 입 맞출 테야, 요카난. 입 맞추고 말겠어.

병사1

시체를 다른 곳으로 옮겨야겠어. 폐하께서는 손수 처형하신 시체 말고는 보기 싫어하시거든.

헤로디아의 시녀

그는 내 형제였건만, 아니 형제보다 더 가까웠건만. 감송향이 든 작은 상자를 내가 주었고, 늘 끼고 다니던 마노* 반지도 내가 주었건만. 저녁에 우리는 강을 따라 산책을 했고 아몬드 나무 사이를 거닐었지. 마치 피리를 부는 듯 낮은 목소리로 고향 이야기를 내게 들려주었지. 강물에 비친 자기 모습을 들여다보는 것을 아주 좋아했어. 그래서 내가 나무라기도 했는데.

병사2

자네 말이 맞아. 시체를 얼른 치워야겠어. 폐하께서 보시면 큰일이 날 테니까.

병사1

폐하께서 이리로 행차하실 것 같지는 않은데. 아마 테라스에는 안 오실 거야. 예언자를 아주 두려워하시니까.

(헤롯, 헤로디아, 궁정 사람들 등장.)

헤롯

살로메는 어디에 있느냐? 공주는 어디 있느냐? 짐이 돌아오라 명했거늘, 어찌하여 연회장으로 돌아오지 않는 게냐? 아! 여기 있었구나!

헤로디아

저 애를 쳐다보지 마세요. 아까부터 계속 저 아이만 쳐다보는군요!

헤롯

오늘 밤은 달이 무척이나 기이하구나! 저토록 기이했던 적이 있었던가? 실성한 여인 같구나. 실성해서 여기저기 남자를 찾아다니는 여인 같구나. 알몸으로 말이다. 벌거벗고 말이다. 구름이 덮어 주려 하는데도, 달은 원치 않는구나. 술에 취한 여인처럼 구름 사이로 비틀거리는구나…… 애인을 찾고 있는 게 분명해……. 술에 취한 여인처럼 비틀거리지 않느냐? 실성한 여인 같지 않느냐? 아니 그러하느냐?

헤로디아

아니, 달은 그저 달처럼 생겼을 뿐입니다……. 여기에는 볼일

〈헤로디아 등장〉

이 없으니 어서 들어가시지요.

헤롯

짐은 여기 있겠노라. 마낫세야, 저기에 융단을 깔거라. 횃불을 밝히거라. 상아 탁자를 내오너라, 벽옥 탁자도 내오너라. 바람이 상쾌하구나. 귀빈들과 포도주를 더 마셔야겠다. 카이사르가 보낸 사절에게는 반드시 최고의 경의를 표해야 하니까.

헤로디아

손님들을 위해서 여기 계시려는 게 아니잖습니까.

헤롯

그래, 바람이 감미롭도다. 부인, 이리 오시오. 손님들이 우리를 기다리지 않소. 아, 이런! 피를 밟고 미끄러지다니! 불길한 징조로세, 너무나 불길한 징조로세. 어째서 여기에 피가 흥건한 것이냐? 또 이 시체는 무엇이냐? 대체 왜 여기에 시체가 있는 것이냐? 연회 때마다 시체를 보여 주는 이집트 왕과 짐을 똑같이 보는 게냐? 대체 누구의 시체인 게냐? 짐은 시체를 보고 싶지 않노라.

병사1

경비대장입니다요, 폐하. 사흘 전 폐하께서 대장으로 임명하신 그 시리아인 청년 말입니다요.

헤롯

짐은 저자를 죽이라고 명한 적이 없는데…….

병사2

자결했습니다요.

헤롯

자결했다고? 짐이 대장으로 임명했거늘!

병사2

이유는 소인도 잘 모르지만, 아무튼 자결했습니다요, 폐하.

헤롯

이상하군. 짐은 오직 로마의 철학자들만 스스로 목숨을 끊는 줄로 알았는데. 그렇지 않느냐? 티겔리누스, 로마의 철학자들은 스스로 목숨을 끊는다지?

티겔리누스

그러는 자들도 더러 있긴 하지요. 스토아학파* 철학자들인데, 상스러운 자들입니다. 어처구니없는 자들이지요. 정말이지 어처구니가 없습니다.

헤롯

짐의 생각도 그러하다. 스스로 목숨을 끊다니 정말 어처구니가 없구나.

티겔리누스

로마인도 스토아 철학자를 비웃습니다. 카이사르께서는 그들을 빈정대는 시를 지으셨지요. 아이들도 그 시를 읊습니다.

헤롯

아! 카이사르께서 빈정대는 시를 지으셨다고? 훌륭하군. 폐하는 못하시는 게 없지……. 하지만 시리아인 청년이 자결했다니 뜻밖이로다. 유감이로다. 그래, 심히 유감이로다. 상당한 미남이었는데. 무척이나 용모가 출중했어. 하지만 눈빛은 나른했지. 상사병에 걸린 듯한 눈으로 살로메를 쳐다보고 있는 걸 본 기억이 나. 그래, 뚫어져라 쳐다보더군.

헤로디아

살로메를 쳐다보는 사람이라면 또 있지요.

헤롯

경비대장의 아비는 한 나라의 왕이었다. 내가 그를 추방했지. 왕비였던 어미는 헤로디아 당신이 종으로 삼았고. 그 청년을 국빈으로 대접하며 여기 머물게 하고 경비대장으로 임명한 것도 바로 그 때문이었는데. 죽었다니 유감이로다……. 그런데, 어째서 시체를 여기에 두었느냐? 당장 다른 데로 치우라. 보고 싶지 않다……. 저리 치우라……. *(시체를 치운다.)* 춥구나. 바람이 거세군. 그렇지 않소?

헤로디아

아뇨. 바람 한 점 없습니다만, 폐하.

헤롯

아니야, 바람이 불고 있다두……. 그리고 허공에서 날갯짓 소리, 거대한 날개가 펄럭이는 소리가 들리는데, 당신한테는 들리지 않는단 말이오?

헤로디아

아무 소리도 안 들린다니까요.

헤롯

음……. 이젠 들리지 않는군. 허나 분명 들었소. 틀림없이 바람 소리였어. 바람 소리가 났는데……. 아니, 다시 들리기 시작하는군. 들리지 않소? 마치 날개가 펄럭이는 소리 같구려.

헤로디아

아무 소리도 안 들린다니까요. 몸이 안 좋으신가 보군요. 이제 그만 안으로 드시지요.

헤롯

아니, 난 아무렇지도 않소. 몸이 안 좋은 건 당신 딸이겠지. 당신 딸아이, 아주 아파 보이는군. 저토록 창백한 얼굴은 본 적이 없는데.

헤로디아

쳐다보지 마시라니까요.

헤롯

술을 따르라! *(술을 가져온다.)* 이리 오너라, 살로메야. 나와 포도주를 마시자꾸나. 향긋한 포도주가 예 있노라. 카이사르께서 친히 하사하신 포도주라. 작고 붉은 네 입술을 살짝 담

그럼, 나머지는 내가 비우리라.

살로메
소녀 목마르지 않사옵니다, 폐하.

헤롯
저 아이가 내 말에 대답하는 걸 들었소? 당신 딸 말이오.

헤로디아
저 애 말이 맞습니다. 왜 계속 살로메를 쳐다보시는 건가요?

헤롯
과일을 내오라! *(과일을 가져온다.)* 이리 오너라, 살로메야. 나와 과일을 먹자꾸나. 과일에 난 네 작은 잇자국을 정말로 보고 싶구나. 앙증맞은 네 이빨로 한입 깨물럼, 나머지는 내가 먹겠 노라.

살로메
소녀 배고프지 않사옵니다, 폐하.

헤롯
(헤로디아에게) 도대체 딸을 어떻게 키운 거요?

헤로디아
살로메와 저는 왕가의 혈통입니다. 폐하야말로, 할바마마께서 낙타를 치셨다지요! 또한 도적질에 강도짓까지 하셨고요!

헤롯

헛소리!

헤로디아

폐하께서도 다 아시는 사실입니다.

헤롯

살로메야, 이리 오너라, 내 옆에 앉거라. 네 어미의 자리를 너에게 주마.

살로메

소녀 다리 아프지 않사옵니다, 폐하.

헤로디아

저 아이가 폐하를 어떻게 생각하는지 아셨지요?

헤롯

아무튼 가져오라……. 그런데 내가 뭘 가져오라 했지? 모르겠군. 아! 그래! 생각났다…….

요카난의 목소리

때가 왔도다! 예언이 이루어졌다고 주 하나님의 말씀이 임하셨도다. 오늘이 바로 그날이니라.

헤로디아

저놈의 입을 막아라. 목소리도 듣기 싫다. 저놈은 언제나 나를 향한 욕지거리만 토해 내니까.

헤롯

당신에 대한 이야기는 한마디도 하지 않았소. 그리고 요카난은 위대한 예언자란 말이오.

헤로디아

저는 예언자 같은 건 안 믿어요. 한낱 사람이 앞으로 무슨 일이 일어날지 알 수가 있을까요? 알 턱이 없습니다. 게다가 저놈은 눈만 뜨면 저를 욕하지요. 그리고 무엇보다, 폐하께서도 저놈을 겁내고 계시잖아요? 폐하가 겁내시는 걸 저는 압니다.

헤롯

난 저자를 무서워하는 게 아니오. 난 그 누구도 무섭지 않소.

헤로디아

아니, 폐하께서는 정녕 저놈을 무서워하십니다. 만약 그렇지 않다면, 유대인들이 여섯 달이나 간청을 드렸사온대, 어째서 풀어주지 않으셨는지요?

유대인1

과연 그러하옵니다, 폐하. 요카난을 저희에게 돌려보내 주심이 좋을 줄로 아뢰옵니다.

헤롯

그만 하라! 짐이 이미 대답을 하지 않았느냐. 너희들에게 돌려

〈헤롯의 시선〉

보내지 않겠노라고. 저자는 신을 보았다.

유대인1

황공하오나 그럴 리가 없사옵니다. 선지자 엘리야 이후로는 아무도 신을 보지 못했습니다. 신을 본 건 엘리야가 마지막입니다. 신은 이제 어디에도 모습을 나타내지 않습니다. 완전히 자취를 감추었습니다. 이 나라에 거대한 불행이 닥칠 것이옵니다.

유대인2

헌데, 선지자 엘리야가 정말로 신을 봤는지 못 봤는지, 누가 봤나? 기껏해야 신의 그림자나 봤겠지.

유대인3

신은 결코 숨는 일이 없다네. 모든 곳에서 신은 모습을 드러내니까. 선한 것에 신이 깃들어 있듯 악한 것에도 신은 깃들어 있단 말일세.

유대인4

말 같지도 않은 말 하지도 마시오. 그건 그리스 철학을 가르치는 알렉산드리아의 철학에서 나온 아주 위험한 사상이잖소. 그리스인들은 이방인이오. 할례°도 안 하는 야만인들이란 말이오.

유대인5

신께서 행하시는 일은 너무도 신비롭기에, 어떻게 역사하는지 우리는 알지 못한다오. 어쩌면 우리가 악이라 여기는 것이 선일 수도 있고, 선이라 여기는 것이 악일 수도 있지. 우리는 아무것도 알지 못한다오. 아는 것이라곤 그저 만사에 순종해야 한다는 사실 뿐. 신은 힘이 아주 세다오. 신의 손 안에서는 힘없는 자든 힘있는 자든 똑같이 바수어지겠지. 신은 그 누구도 동정하지 않으니까.

유대인1

그렇소. 신은 무서운 존재요. 절구에 밀을 빻듯, 약한 자와 힘센 자 모두 신의 손에 바수어지겠지. 아무튼 요카난은 신을 보지 못했소. 선지자 엘리야 이후로 신을 본 사람은 없단 말이오.

헤로디아

저놈들의 입도 막아라. 짜증이 나는구나.

헤롯

헌데, 저 요카난이 그대들의 선지자 엘리야라는 소문을 짐은 들었노라.

유대인1

그럴 리 없사옵니다. 선지자 엘리야 시대로부터 삼백 년이나 흘렀사옵니다.

헤롯

어떤 자들은 요카난이 곧 엘리야라고 하던데…….

나사렛인

그러하옵니다. 요카난은 선지자 엘리야가 확실하옵니다.

유대인1

아니, 그는 엘리야가 아니오!

요카난의 목소리

그날이 왔노라, 주님께서 오시는 날이. 산 위에서 구세주 되실 그분 발자국 소리를 나는 듣노라.

헤롯

저게 무슨 소리인가, 구세주라니?

티겔리누스

구세주란 카이사르를 칭하는 말입니다.

헤롯

하지만 카이사르는 유대 왕국에는 행차치 않으실 텐데. 어제 로마에서 서한을 받았으나 그런 말은 단 한 마디도 없었느니라. 그런데 티겔리누스여, 그대는 지난겨울 로마에 머물면서 카이사르께서 유대 왕국에 행차하신다는 이야기를 들은 적이 있는가?

티겔리누스

그에 대해서는 들은 바가 없습니다, 폐하. 저는 그저 칭호에 대해 말씀드렸을 뿐입니다. 구세주는 카이사르의 여러 칭호

중 하나라는 사실을.

헤롯

카이사르는 관절염 때문에 오지 못할 거야. 다리가 코끼리 다리처럼 퉁퉁 부었다고 하던데. 그리고 정치적인 이유도 있지. 로마를 떠나는 자 로마를 잃게 되리라. 카이사르는 여기에 오지 않을 터. 허나, 카이사르, 그는 황제다. 원하면 올 테지만, 아마 오지 않을 것이다.

나사렛인1

폐하, 예언자가 말하는 구세주는 카이사르가 아니옵니다.

헤롯

카이사르가 아니라고?

나사렛인1

카이사르가 아니옵니다.

헤롯

그럼 누구를 말하는 것이냐?

나사렛인1

드디어 오신 메시아*이옵니다.

유대인1

아니, 메시아는 오지 않았소.

나사렛인1

메시아는 이미 오시어 곳곳에서 기적을 행하고 계시오!

헤로디아

오! 오! 기적! 기적 같은 소리. 난 기적을 믿지 않아. *(시녀에게)* 내 부채 어디 있느냐!

나사렛인1

메시아께서는 진정으로 기적을 행하십니다. 갈릴리 작은 마을에서 열린 결혼식 때 맹물을 포도주로 바꾸셨지요. 그 자리에 있던 사람에게 직접 들었습니다. 그리고 가버나움• 성문 앞에 주저앉은 문둥이 둘에게 손을 댔을 뿐인데 씻은 듯이 병이 나았다고 하옵니다.

나사렛인2

문둥이가 아니라 소경 둘이 눈을 떴다고 하던데.

나사렛인1

아니, 문둥이도 병이 낫고 소경도 눈을 떴소만. 그리고 요카난이 산 위에서 천사들과 이야기하는 걸 본 사람도 있소.

사두개인

천사는 존재하지 않는다니까!

바리새인

천사는 존재한다니까! 다만 천사들과 이야기한 건 요카난이 아닐 거요.

나사렛인1

요카난이 천사들과 이야기하는 것을 본 사람들이 있다니까!

사두개인

요카난은 천사들과 이야기한 게 아니라니까!

헤로디아

참으로 짜증 나는구나, 이놈들! 어리석은 것들! 멍청한 것들! *(시녀에게)* 아! 그래, 내 부채를 다오. *(시녀가 부채를 올린다.)* 넌 꿈을 꾸는 것 같구나. 넌 꿈을 꾸지 말거라. 꿈을 꾸는 사람은 모두 병자로다. *(부채로 시녀의 머리를 툭 친다.)*

나사렛인2

야이로의 딸에게도 기적을 행하셨잖소.

나사렛인1

그래, 그건 분명해. 아무도 부정할 수 없지.

헤로디아

저 미친놈들……. 달을 너무 오래 쳐다봤구나. 그만 좀 닥치거라.

헤롯

그게 무슨 소리더냐? 야이로의 딸에게 기적을 행했다니?

나사렛인1

야이로의 딸은 죽었사온데, 그분께서 다시 살려 내셨습니다.

헤롯

무어라? 죽은 사람을 다시 살려 내?

나사렛인1

예, 폐하. 그분께서는 죽은 사람도 다시 살려 내십니다.

헤롯

죽은 사람을 되살리는 것을 짐은 원치 않노라. 그런 일은 결단코 막으리라. 죽은 사람이 다시 살아나다니 용납할 수 없다. 반드시 그자를 찾아내서 죽은 사람을 살리는 것을 허락하지 않는다 전하라. 그자는 지금 어디에 있느냐?

나사렛인2

폐하, 그분은 도처에 계시옵니다만, 찾기란 쉬운 일이 아니옵니다.

나사렛인1

지금 사마리아*에 계시다 하옵니다.

유대인

사마리아에 있다면 메시아가 아닌 게 분명해. 메시아는 사마리아인에게 가지 않을 거요. 사마리아인은 저주를 받았으니까. 더구나 그들은 사원에 제물을 바치지도 않는 걸.

〈단장하는 살로메1〉

나사렛인2

며칠 전에 사마리아에서 떠나셨다 하던데. 지금은 예루살렘에 계실 거요.

나사렛인1

천만에. 예루살렘에 계시지 않소. 내가 두어 달 예루살렘에 있다가 지금 막 돌아온 참이오만, 그분에 대한 이야기는 한 마디도 듣지 못했단 말이오.

헤롯

그래, 그 자가 어디에 있든 상관없다. 허나 반드시 찾아내서 짐이 죽은 자를 되살리는 것을 허락하지 않는다고 전하라. 물을 포도주로 바꾸든, 문둥이를 깨끗이 낫게 하든, 소경을 눈 뜨게 하든……. 원하는 대로 하라 이르라. 그런 일을 막을 이유는 없지. 문둥이를 낫게 한 건 훌륭한 일이니까. 그렇지만 죽은 자를 되살리는 것만큼은 용납할 수 없느니라……. 죽은 자가 살아 돌아온다니 생각만 해도 끔찍하구나.

요카난의 목소리

아! 부끄러운 줄도 모르는 창녀! 눈두덩에 금분을 덕지덕지 처바른 금색 눈의 바빌론 계집! 이는 주 하나님의 말씀이니라. 그녀을 뭇 사내들 앞으로 끌어내어, 그이들로 하여금 돌을 들어 던지게 하라.

헤로디아

저놈의 입을 막으라니까!

요카난의 목소리

백부장*들로 하여금 칼로 찌르고 방패로 짓이기게 하라.

헤로디아

저 사악한 것!

요카난의 목소리

그리하여 내가 이 땅의 죄악을 모조리 쓸어 버릴지니, 뭇 여인들로 하여금 너의 음탕함을 본받지 않게 하리라.

헤로디아

저놈이 뭐라고 하는지 들으셨지요? 폐하의 아내인 저를 욕보이도록 놔두실 건가요?

헤롯

그래도 대놓고 당신이라고 한 적은 없잖소.

헤로디아

그래서요? 저놈이 모욕을 주려는 것이 저라는 걸 잘 아시잖습니까? 저는 폐하의 아내가 아니옵니까!

헤롯

그렇지. 친애하고 경애하는 헤로디아여. 그대는 과인의 아내요. 뭐, 원래는 아우의 아내였지만.

헤로디아

동생의 아내를 뺏은 건 폐하십니다.

헤롯

그래, 내 힘이 제일 강했으니까. 그 이야기는 이제 그만합시다. 이젠 듣기도 싫소. 예언자가 떠들어 대는 정신 나간 헛소리도 분명 그 일을 두고 하는 말이겠지. 그로 인해 불행한 일이 생길 수도 있으니 그 이야기는 이제 그만합시다, 고귀한 헤로디아여. 우리를 찾아준 귀인들을 깜빡 잊고 있었군. 술을 내오라 하시오, 부인. 커다란 은잔과 유리잔에 포도주를 가득 채우라. 카이사르를 위하여! 이 자리에 로마인이 있으니, 카이사르의 건강을 위해 건배할 수밖에.

모두

카이사르를 위하여! 카이사르를 위하여!

헤롯

자기 딸 얼굴이 얼마나 창백한지 당신은 모르는군.

헤로디아

창백하든 말든 무슨 상관인가요?

헤롯

저렇게 새하얗게 질린 적이 없었는데…….

헤로디아

그 애를 쳐다보지 마세요.

요카난의 목소리

그날에는 해가 머리채처럼 검게 변할 것이요, 달이 핏빛으로 붉게 물들 것이요, 덜 익은 무화과가 나무에서 떨어지듯 하늘의 별이 땅으로 떨어지리니, 지상의 모든 왕들이 두려움에 떨리라.

헤로디아

아! 아! 저놈이 떠들어 대는 그날을 너무너무 보고 싶군요. 달이 핏빛으로 물들고, 별들이 덜 익은 무화과처럼 땅으로 떨지는 그날을! 저 예언자 나부랭이 말하는 꼴이 마치 주정뱅이 같네요. 저 목소리를 참을 수가 없습니다. 저 목소리는 이제 지긋지긋해요. 어서 저 입을 막으라 명하세요.

헤롯

그럴 수는 없소. 비록 저자가 무슨 말을 하는지 이해할 수 없으나, 아마도 신의 계시겠지.

헤로디아

저는 계시 따위 믿지 않아요. 주정뱅이가 지껄이는 헛소리라구요.

헤롯

그래, 신의 포도주에 취한 주정뱅이로다!

헤로디아

신의 포도주라니요? 그건 대체 어떤 포도주인가요? 어느 나라 포도원에서 나는 포도주인가요? 어느 양조장에서 구할 수 있나요?

헤롯

(이제는 살로메를 쳐다보지 않는다.) 티겔리누스여, 그대가 최근에 로마에 있을 때, 카이사르께서 그 일에 대해 말씀하신 적이 있는가?

티겔리누스

무엇에 대해서 말씀이십니까, 폐하?

헤롯

무엇에 대해서라니? 아! 짐이 그대에게 질문을 하였느냐? 짐이 무엇을 묻고자 했는지 잊고 말았구나.

헤로디아

폐하께서는 아직도 제 딸을 쳐다보고 계십니다. 쳐다보지 마세요. 거듭 거듭 말씀드렸잖습니까.

헤롯

당신은 그 말밖에 할 말이 없나 보군.

헤로디아

다시 한 번 말씀드립니다.

헤롯

그토록 말 많던 신전 수리는 어떻게 되었느냐? 지금 무슨 짓을 하고 있는 게냐? 성소 제단의 장막이 없어졌다고 하였느냐?

헤로디아

장막을 가져오라 명한 사람은 바로 폐하가 아니옵니까. 아까부터 이상한 말씀만 하시는군요. 더 이상 여기에 있기 싫습니다. 그만 안으로 드시지요.

헤롯

살로메야, 나를 위해 춤을 춰 다오.

헤로디아

전 그 애가 춤을 추는 게 내키지 않습니다.

살로메

추고 싶지 않사옵니다, 폐하.

헤롯

살로메야, 헤로디아의 딸아, 춤을 추거라.

헤로디아

그 애를 그냥 내버려 두시라니까요.

헤롯

살로메야, 네게 명하노니, 춤을 추어라.

살로메

추지 않겠습니다, 폐하.

헤로디아

(웃으며) 그 애가 퍽이나 명에 따르겠군요!

헤롯

춤을 추든 추지 않든 그게 무슨 상관이오? 아무렴 어떻소. 오늘 밤 과인은 이렇게 행복한데. 이렇게 행복한 적이 없었는데.

병사1

폐하 용안이 어두워. 안 그런가?

병사2

그래 보이는군.

헤롯

어째서 내가 행복하지 않다는 거지? 카이사르, 이 세상의 주인이자 만물의 주인이신 카이사르께서, 나를 너무도 총애하시어, 이렇게 진귀한 물건들을 하사하셨는데. 그리고 나의 원수 카파도키아●의 왕을 로마로 부르겠다고 약조까지 하셨는데. 로마에 도착하자마자 아마 십자가에 매달아 버리실 걸. 카이사르는 원하는 것이라면 무엇이든 할 수 있으니까. 오! 그는 진정으로 황제로다. 보라, 나는 행복해질 권리가 있노라. 세상 그 무엇도 나의 이 행복을 결코 망칠 수는 없으리라.

요카난의 목소리

그는 자줏빛과 진홍빛 옷을 입고 왕좌에 앉아 있으리니, 받쳐 든 황금잔에는 죄악이 가득하리라. 주 하나님의 천사가 그를

〈단장하는 살로메2〉

칠 것이요. 구더기가 그를 파먹으리라.

헤로디아

저놈이 하는 말을 들으셨나요? 구더기가 폐하를 파먹을 거라잖아요.

헤롯

내 이야기를 하는 게 아니오. 나에 대해서는 한마디도 하지 않았소. 요카난이 말하는 건 내 원수 카파도키아 왕이지. 구더기에게 먹힐 사람은 바로 그놈이오, 내가 아니라. 예언자는 나에 대한 이야기는 절대 하지 않소. 아우의 아내와 결혼한 실수 말고는. 그런데 저자의 말이 맞는 것 같아. 당신은 석녀*니까.

헤로디아

지금 저한테 석녀라 하셨습니까? 폐하께서 빤히 쳐다보고 계신 게 바로 제 딸입니다. 폐하께서 춤을 추라 명하신 게 바로 제 딸이라구요. 석녀라니, 정말 어처구니가 없어서…… 저는 자식이 있지만, 폐하는 자식이 하나도 없습니다. 그 많은 몸종들조차 폐하의 아이를 가진 적이 없지요. 제가 석녀가 아니라 폐하께서 고자십니다!

헤롯

닥치시오. 당신은 석녀라니까. 당신은 내 아이를 낳아 주지 않았고, 저 예언자는 우리 결혼은 진정한 결혼이 아니라고 했소. 근친혼, 불행의 씨앗이 될 결혼이라 했지…… 그 말이 옳

을까 과인은 두렵소. 그래, 아마도 그렇겠지. 허나 지금은 그런 말을 할 때가 아니오. 지금은 행복하고 싶소. 짐은, 과인은, 나는 너무나 행복하오. 내게 부족함이 없으리로다.

헤로디아

오늘 밤 폐하께서 그렇게 기분이 좋으시다니 저도 기쁩니다. 평소와는 다르시군요. 하지만 시간이 늦었습니다. 안으로 드시지요. 동틀 녘에 손님들과 사냥을 가기로 한 약속을 잊지 마세요. 카이사르의 사신들에게는 최대한 경의를 표해야 하니까요. 아닌가요?

병사2

폐하 용안이 어두운데…….

병사1

그래, 그래 보이는군.

헤롯

살로메야, 살로메야, 나를 위해 춤을 춰 다오. 부탁이니, 춤을 춰 다오. 오늘 밤은 너무나 슬프구나. 그래, 오늘 밤은 참으로 슬프구나. 여기에 왔을 때 피를 밟고 미끄러졌지. 불길한 징조로세. 그리고 들었노라, 허공에서 날갯짓하는 소리를. 거대한 날개가 펄럭이는 소리를, 분명히 들었노라. 허나 그게 무슨 의미인지 알 수가 없구나……. 오늘 밤 짐은 슬프구나. 그러니 춤을 추거라. 나를 위해 춤을 추거라, 살로메야, 이리 애원하나니. 그리하여 준다면……, 원하는 것은 무엇이든 청하기만

하면 네게 모두 주리라. 그래, 짐을 위해 춤을 추거라, 살로메
야. 그러면 청하는 것은 무엇이든 네게 주리니. 이 왕국의 절
반이라도 네게 주리니.

살로메
(일어나며) 제가 청하는 것이라면 뭐든지 주실 건가요, 폐하?

헤로디아
춤을 추지 말거라, 딸아.

헤롯
그래, 뭐든지. 내 왕국의 절반이라도.

살로메
맹세하시나요, 폐하?

헤롯
맹세하노라, 살로메야.

살로메
그 맹세에 무엇을 거실 건가요, 폐하?

헤롯
나의 목숨, 나의 왕관, 나의 신을 걸고 맹세하마. 네가 기뻐하
는 것이라면 뭐든지 주겠노라. 날 위해 춤을 춘다면, 네가 청
하는 그것이 설령 내 왕국의 절반일지라도 주겠노라. 오! 살로

메야, 살로메야, 나를 위해 춤을 춰 다오.

살로메

그럼 맹세하신 겁니다, 폐하!

헤롯

오냐. 맹세하마, 살로메야.

살로메

제가 원하는 것이라면 뭐든지, 왕국의 절반일지라도 말이죠.

헤로디아

춤추지 말거라, 딸아.

헤롯

내 왕국의 절반이면 되겠느냐? 만약 내 왕국의 절반을 가진다면, 너는 너무나 아름다운 여왕이 될 게다. 살로메야, 너무도 아름다운 여왕이 될 게야……. 아! 여긴 춥구나! 차가운 바람이 불어온다, 그런데…… 어찌하여 허공에서 날갯짓하는 소리가 들리는 것이냐? 오! 마치 새가 있는 것 같구나. 거대한 검은 새가 테라스 위를 맴돌고 있는 것 같구나. 하지만 어찌하여 그 새는 보이지 않는 것이냐? 날갯짓 소리 한번 끔찍하구나. 날개에서 이는 바람 또한 끔찍하구나. 차가운 바람…… 아니, 차가운 바람이 아니야. 그 반대야, 아주 뜨겁구나. 너무 뜨겁구나. 숨이 막히는구나. 손에 찬물을 부어라. 차가운 눈을 가져오라, 먹어야겠다. 망토를 풀어 다오. 어서, 빨리, 망토를 벗겨 다오……. 아니, 그대로 두어라. 이렇게 더운 건 이 왕관, 장미 왕관 때문이로구나. 마치 불로 만든 꽃 같구나. 그 꽃에 이마를 데고 말았어. *(머리에서 왕관을 벗어 테이블 위에 내던진다.)* 아! 이제야 숨을 좀 쉬겠구나. 꽃잎이 시뻘겋구나! 식탁보에 얼룩진 핏자국처럼……. 알게 뭐냐, 눈에 보이는 모든 것에서 상징을 찾으려 하면 아니 되느니. 그래서는 살 수가 없느니. 차라리 핏자국이 장미꽃잎만큼이나 아름답다고 하는 편이 더 나을 거야. 그렇게 말하는 편이 훨씬 나을 거야……. 하지만 그런 말은 하지 말라. 지금 나는 행복하니까. 지금 난 너무나 행복하니까. 짐에게는 행복할 권리가 있노라, 그렇지 않은가? 당신 딸이 나를 위해 춤을 출 것이오. 나를 위해 춤을 추지 않겠느냐, 살로메야? 나를 위해 춤을 추겠다고 약속하지 않았느냐.

헤로디아

춤을 추지 않았으면 좋겠구나.

살로메

추겠습니다, 폐하.

헤롯

당신 딸이 하는 말 들었소? 나를 위해 춤을 춘다 하오. 나를 위해 춤을 추겠다니 착하구나, 살로메야. 그리고 춤을 추고 나서 잊지 말고 무엇을 원하는지 말하거라. 네가 원하는 것이라면 뭐든지 주겠다. 설령 내 왕국의 절반일지라도. 짐이 맹세하지 않았느냐, 아니 그러하느냐?

살로메

맹세하셨습니다, 폐하.

헤롯

허허, 나는 약속을 어겨 본 적이 없다. 한번 내뱉은 말을 저 버리는 그런 사람이 아니다. 나는 거짓말을 모르느니라. 나는 약속의 노예요, 내 약속은 임금의 약속이로다. 하지만 카파도 키아 왕은 아직도 거짓말을 하고 있지. 그는 진정한 왕이 아니 야. 겁쟁이 같은 놈! 그렇기 때문에 갚을 생각도 없는 돈을 빌 렸을 테지. 게다가 되먹지 못한 말로 내가 보낸 사신들까지 모 욕하다니. 허나 카이사르가 그를 로마로 불러 십자가에 매달 거야. 십자가에 매달아 죽일 거라 굳게 믿는다. 이도 저도 아 니라면 그때는 구더기한테 파먹히겠지. 예언자가 그렇게 말했 으니까. 자! 살로메야, 무얼 꾸물거리는 게냐?

살로메

제 몸종들이 향수와 너울 일곱 개를 가지고 와서 신발을 벗겨 주기를 기다리고 있습니다.

(살로메의 몸종들이 향수와 너울 일곱 개를 가져와서 살로메의 신발을 벗긴다.)

헤롯

아! 살로메야, 맨발로 춤을 추려는 게냐! 좋구나! 좋아! 너의 작은 발은 마치 하얀 비둘기 같겠지. 너의 작은 발은 마치 꽃 나무에 나부끼는 작고 하얀 꽃과 같겠지……. 아! 안 돼. 저 아이가 피바다 속에서 춤을 추려고 하는구나. 땅바닥이 피투성이인데. 저 아이가 피가 흥건한 가운데서 춤을 추게 하고 싶지는 않구나. 그건 너무나 불길한 징조가 아닌가.

헤로디아

저 아이가 피바다 속에서 춤을 추면 폐하께 무슨 일이 생기기라도 한다는 말씀이십니까? 폐하께서도 그 가운데로 걸어 들어오셨습니다만…….

헤롯

내게 무슨 일이 생기느냐고? 아! 저 달을 보시오! 달이 붉어졌소. 피처럼 시뻘개졌소. 아! 예언자의 말이 맞았구나. 달이 피처럼 붉게 물들 것이라 예언했지. 그렇게 말하지 않았나? 당신도 전부 들었잖소. 그런데 달이 피처럼 붉게 변했소. 당신은 저 달이 보이지 않는 거요?

헤로디아

보입니다. 그리고 별들이 덜 익은 무화과처럼 떨어지고 있네요, 그렇지 않은가요? 이제 태양이 머리채처럼 새카매지면, 지상의 모든 왕들은 두려움에 떨겠지요. 적어도 이것 하나만은 알겠어요. 저 예언자 놈이 평생 딱 한 번 맞는 말을 했다는 걸. 땅 위의 왕들이 두려워 떨리라는 말……. 자, 이제 그만 안으로 드시지요. 폐하께서는 지금 편찮으십니다. 저들은 폐하께서 실성하셨다고 로마에 고해 바칠 것입니다. 안으로 드시지요. 안으로 드시자니까요.

〈일곱 너울의 춤〉

요카난의 목소리

에돔에서 온 자가 누구이냐? 보랏빛을 발하는 옷을 입고 보스라●에서 온 자가 누구이냐? 그 옷이 아름답다 뽐내는 자가 누구이냐? 무소불위의 권력과 함께 걸어가는 자가 누구이냐? 너는 어찌하여 진홍으로 물들인 옷을 입었느냐?

헤로디아

폐하, 안으로 드시지요. 저놈 목소리를 듣고 있자니 미칠 것만 같습니다. 저놈이 저렇게 소리를 지르는 가운데 제 딸이 춤을 추게 할 수는 없습니다. 폐하께서 그런 눈으로 쳐다보는 가운데 제 딸이 춤을 추게 하기는 싫습니다. 아무튼, 제 딸이 춤추는 것을 저는 원치 않습니다.

헤롯

그냥 앉아 계시오, 나의 부인, 나의 왕비여. 소용없는 짓이오. 저 아이가 춤을 출 때까지 나는 궁으로 들어가지 않을 테요. 어서 춤을 추거라, 살로메야, 제발 부탁이니 나를 위해 춤을 춰 다오.

헤로디아

춤을 추지 말거라, 딸아.

살로메

춤을 추겠습니다, 폐하.

(살로메가 '일곱 너울의 춤●'을 춘다.)

헤롯

아! 예쁘구나, 예뻐! 살로메가 날 위해 춤을 추는 걸 보시오.
이리 오너라, 살로메야! 너에게 상을 내릴 수 있도록 이리 가
까이 오너라. 아! 나는 무희들에게 치르는 춤 값은 아끼지 않
는단다. 살로메야, 네 춤 값도 후하게 치러 주마. 네가 원하는
것이라면 무엇이든 주겠노라. 내게 무엇을 달라 하겠느냐?

살로메

(무릎을 꿇고) 청하옵건대, 지금 당장 은쟁반에…….

헤롯

(웃으며) 은쟁반에? 알았다. 은쟁반에, 알았어. 정말로 예쁘구
나, 그렇지? 그래, 은쟁반에 무얼 담아 주랴? 사랑스럽고 어
여쁜 나의 살로메야, 유대 왕국에서 가장 아름다운 소녀 살로
메야. 은쟁반에 무얼 담아 주랴? 말해 다오. 무엇이 되었든,
너에게 주마. 나의 보물들은 이제 네 것이니라. 살로메야, 은
쟁반에 무엇을 담아 주랴?

살로메

(일어서며) 요카난의 머리를 주소서.

헤로디아

옳지! 내 딸.

헤롯

안 된다, 안 돼!

헤로디아

그렇지! 내 딸.

헤롯

안 된다, 안 돼! 살로메야, 그것만은 청하지 말거라. 네 어미 말을 듣지 말거라. 네게 늘 해로운 조언만 하잖니. 어미 말을 듣지 말거라.

살로메

어마마마 말을 듣고 이러는 게 아니옵니다. 제가 갖고 싶어서 은쟁반에 요카난의 머리를 담아 달라고 한 것이옵니다. 맹세 하셨잖습니까. 폐하, 맹세를 잊지 마세요.

헤롯

그래, 안다. 신을 걸고 맹세했지. 알다마다. 하지만 살로메야, 부탁이니, 다른 것을 달라 말하거라. 차라리 내 왕국의 절반을 달라 말하거라, 그러면 너에게 주마. 하지만 조금 전에 했던 말을 다시 해서는 아니 되느니라.

살로메

요카난의 머리를 달라 하였습니다.

헤롯

안 된다. 그렇게는 아니 되느니라. 짐은 그렇게 하고 싶지가 않구나.

살로메

폐하께서는 맹세를 하셨습니다.

헤로디아

그래요. 맹세하셨지요. 모두가 들었습니다. 여기 모인 모든 사람들 앞에서 맹세하셨습니다.

헤롯

입 다무시오! 그대에게 하는 말이 아니오!

헤로디아

저놈의 머리를 달라 하다니, 효녀로다, 내 딸. 저놈은 나를 모욕하는 말을 토해 냈다. 터무니없는 말을 해 댔지. 네가 이 어미를 얼마나 사랑하는지 이제야 알겠구나. 부디 네 뜻을 굽히지 말거라, 내 딸아. 폐하께서는 분명 맹세를 하셨다, 맹세를 하셨어.

헤롯

닥치라니까! 더는 입을 열지 말라……. 이보렴, 살로메야. 사람은 분별이 있어야 한단다. 그렇지 않으냐? 사람이 분별이 없으면 되겠느냐? 내 너에게 엄하게 대한 적은 결코 없느니라. 언제나 널 사랑으로 대했지……. 어쩌면, 그 사랑이 과했을 수도 있다. 그러니, 요카난의 머리를 달라는 말은 거두어다오. 끔찍하구나, 그런 것을 달라 하다니, 소름이 끼치는구나. 그래, 그건 네 진심이 아닐 게야. 참수된 자의 머리라니, 흉측하지 않으냐? 처녀가 볼 만한 게 아니지. 그것이 어떤 기쁨을 네게 줄 수 있을까? 아니, 아니, 아니야. 네가 갖고 싶은 건 그런 게 아닐 게야……. 잠깐만 내 말을 들어 보렴. 나한테 에메랄드가 있단다. 카이사르가 총애하는 사신이 보낸 커다랗고 둥그런 에메랄드지. 그 에메랄드에는 아주 먼 곳에서 일어나는 일들이 비쳐 보인단다. 카이사르도 곡마장에 갈 때면 그것과 똑같이 생긴 것을 가지고 간다는구나. 하지만 내 것이 더 크단다. 훨씬 크고말고. 내 에메랄드가 세상에서 가장 크단다. 갖고 싶지 않으냐? 어서 갖고 싶다 하여라, 너에게 주마.

살로메

요카난의 머리를 주소서.

헤롯

내 말을 전혀 듣지 않았군, 듣지 않았어! 내 말을 좀 들어 보거라, 살로메야.

살로메

요카난의 머리를 주소서.

헤롯

아니, 아니야. 너는 그걸 바라는 게 아니야. 단지 내가 오늘 밤 내내 너를 쳐다본 일로 나를 곤란하게 하고 싶어서, 그래서 그런 말을 하는 거겠지. 아! 그래, 오냐. 오늘 밤 내내 내 너를 쳐다봤다. 너의 아름다움이 나를 현혹시켰구나. 그래서 내 너를 너무 빤히 쳐다봤구나. 허나 이제 두 번 다시 그렇게 쳐다보지 않으마. 사람이든 뭐든 직접 쳐다보면 안 돼지. 오

〈공작새 치마〉

직 거울로 비추어 보아야만 하지. 거울은 오직 가면만을 보여
주니까……. 오! 오! 포도주를 다오! 목이 타는구나……. 살로
메야, 살로메야, 우리 친구가 되자꾸나. 그런데, 아! 내가 무슨
말을 하려고 했더라? 그게 뭐였더라? 아! 그렇지!……. 살로메
야! 안 된다. 이리 가까이 오너라. 내 말이 너에게 들리지 않
을까 두렵구나……. 살로메야, 너는 아느냐? 나의 흰 공작새
를. 정원에서 도금양*과 키 큰 향나무 사이를 거니는 아름다
운 나의 흰 공작새를. 부리에만 금박을 입혔을쏘냐, 모이로 주
는 알곡 또한 금빛이요, 다리는 보랏빛으로 물을 들였지. 공
작새가 울면 비가 내리고, 꽁지깃을 펼치면 하늘에서 달이 모
습을 드러낸단다. 그 새들은 향나무와 검은 도금양 사이를 둘
씩 짝을 지어 다니고, 한 마리 한 마리마다 보살피는 노예가
딸려 있느니라. 때로는 나무 위를 날고, 때로는 풀밭이나 연못
가에 앉아 쉬기도 하지. 그렇게 황홀한 새는 세상에 없을 게
다. 그토록 황홀한 새를 가진 왕은 세상에 없을 게다. 분명 카
이사르조차 그토록 아름다운 새는 가지지 못했을 게다. 좋아!
너에게 공작새 쉰 마리를 주마. 새들은 네가 가는 곳이라면
어디든 따라다닐 게야. 그리고 그 한가운데 있는 너는, 거대한
흰 구름 위에 뜬 달과 같을 게다……. 전부 주겠노라. 백 마리
가 내가 가진 전부니라. 세상에 나와 같은 공작새를 가진 왕
은 없으리니, 너에게 전부 주겠노라. 단, 나를 속박하는 맹세
에서 나를 풀어 다오. 그리고 네가 청했던 것을 다시 청해서
는 아니 되느니라. *(술잔을 비운다.)*

살로메
요카난의 머리를 주소서.

헤로디아

잘한다, 내 딸! 공작새라니 웃기지도 않습니다, 폐하.

헤롯

닥쳐라, 이년! 정말 끈질기게 떠들어 대는구나. 으르렁거리는
꼴이 마치 맹수 같구나. 그렇게 짖어 대지 말라니까. 닥쳐, 닥
치라니까……. 당신 목소리는 진절머리가 나는구려. 살로메야,
네가 하려는 짓을 생각해 보렴. 요카난은 신이 보낸 사람일지
도 모른단다. 아니, 신이 보냈다고 너는 믿는단다. 요카난은 성
자라고, 신의 손가락이 그에게 닿았다고, 신이 그의 입술에 무
시무시한 말을 담았다고, 광야에서 그랬던 것처럼 이 왕궁 안
에서도 신이 언제나 그와 함께한다고 믿는다……. 아니, 그럴
수도 있다는 말이지. 모르긴 해도, 신이 그의 편에 서서 언제
나 함께한다……. 그럴 수도 있지. 그래서 만약 요카난이 죽는
다면, 내게 어떤 불행한 일이 닥칠지도 모를 일……. 사실, 자
기가 죽는 날 누군가에게 불행한 일이 생길 거라는 말도 했으
니까. 그 불행한 일이 나한테 생길 수도 있단다. 기억하거라,
내가 여기로 올 때 피를 밟고 미끄러졌던 것을. 또한 나는 공
중에서 날개를 펄럭이는 소리, 거대한 날개를 펄럭이는 소리를
들었단다. 불길하기 짝이 없는 징조였지. 그리고 다른 징조도
있었고. 아니, 비록 보진 못했으나 다른 징조도 분명 있었을 거
야. 자, 살로메야, 나에게 불행한 일이 생기기를 원하느냐? 설
마 그럴 리는 없겠지. 아무튼 내 말을 듣거라.

살로메

요카난의 머리를 주소서.

헤롯

애야, 아직도 내 말을 듣지 않는구나. 마음을 좀 가라앉히거라. 나도 이제 진정했으니. 완전히 침착함을 되찾았으니. 듣거라. 네 어미조차 본 적이 없는 보석들, 정말이지 진귀한 보석들을 내가 숨겨 두었노라. 내게는 네 줄짜리 진주 목걸이가 있단다. 누군가는 은빛 찬란한 실로 달을 꿰어 놓은 것 같다고 하더구나. 또 누군가는 금실로 짠 그물에 걸린 쉰 개의 달 같다고도 하더구나. 어느 왕비가 상아처럼 뽀얀 젖가슴 위로 늘어뜨렸던 목걸이란다. 그걸 걸치면 너도 그 왕비처럼 아름다울 게야. 자수정도 두 개나 있단다. 하나는 포도주처럼 검고, 다른 하나는 물을 섞은 포도주처럼 붉지. 그리고 호랑이 눈알 같은 노란색 옥석과, 비둘기 눈알 같은 장미색 옥석과, 고양이 눈알 같은 푸른 옥석도 있단다. 차디찬 불꽃을 내며 영원히 타오르는 단백석•도 있단다. 영혼을 침울함에 빠지게 하고, 어둠을 두려워하게 만드는 보석이지. 죽은 여인의 눈처럼 공허한 빛을 내는 마노•도 있단다. 달이 차고 기울면 따라서 모양이 변하고 해를 보면 투명해지는 월장석•도 있단다. 달걀처럼 둥글고 꽃처럼 새파란 청옥•도 있고. 그 속에는 바다가 출렁이고, 달빛도 물결의 푸른빛을 흐리지 못하지. 그뿐이랴, 귀감람석•이며 녹주석•이며 녹옥수•며 홍옥•, 호마노•, 풍신자석•, 옥수•도 있으니 그걸 모두 네게 주마. 그뿐이랴, 다른 것도 더 얹어 주마. 지금 막 인도 왕이 앵무새 깃털로 만든 부채를 네 개나 보냈고, 누미디아• 왕이 보낸 타조 깃털 옷도 있고, 여인들에게는 보는 것조차 허락되지 않는 수정도 있단다. 젊은 사내일지라도 혹독한 매를 맞은 후에야 볼 수 있지. 자개로 만든 보석함 속에는 커다란 남보석•이 세 개나 들어 있단다. 그걸 머리에 장식하면 존재하지 않는 것도 상상할 수 있고, 손에 쥐고 있으면 다른 여인을 석녀로 만들 수도 있지. 하나같이 매우 값진 보물들이란다. 아니 값을 매길 수도 없지. 그게 다가 아니란다. 흑단 상자 안에 황금색 사과 모양을 한 호박* 잔이 두 개 있는데, 너를 해하려는 자가 이 잔에 독을 넣으면 잔이 은색으로 변한단다. 호박으로 무늬를 새겨 넣은 상자 안에는 유리로 상감된 신발도 있지. 세르브*인들의 땅에서 온 망토와, 유프라테스*의 도시에서 온 석류석*과 비취로 장식한 팔찌까지……. 자, 무엇을 원히느냐, 살로메야? 원하는 것을 말하라, 너에게 주마. 청하는 모든 것을 주마, 단 하나만 빼고. 내가 가진 모든 것을 주마, 한 사람의 목숨만 빼고. 대사제의 망토를 주마. 제단의 장막을 너에게 주마.

유대인들

오! 오!

살로메

요카난의 머리를 주소서.

헤롯

(의자에 주저앉으며) 줘 버려라, 저 아이가 달라는 것을! 그 어미에 그 딸이군! *(병사1이 헤롯에게 다가간다. 헤로디아가 헤롯의 손가락에서 사형 반지를 빼내어 병사1에게 건네주고, 병사1은 즉시 사형집행인에게 가져간다. 반지를 본 사형집행인은 크게 놀란다.)* 누가 내 반지를 가져갔지? 오른손에 반지가 있었는데. 누가 내 포도주를 마셨지? 잔에 포도주가 있었는데. 잔에 포도주가 가득했는데.

누가 마신 거지? 아! 틀림없이 누군가에게 불행한 일이 일어
날 것이야. *(사형집행인이 우물로 내려간다.)* 아! 어찌하여 나는 맹
세를 했던가? 임금 된 자는 결코 맹세를 해서는 아니 되느니.
맹세를 지키지 않는다면……. 끔찍하도다. 설령 맹세를 지킬지
라도, 역시 끔찍하도다…….

헤로디아

잘했다, 내 딸.

헤롯

불행한 일이 일어날 것이야…….

살로메

(우물을 바라보며 귀를 기울인다.) 조용하잖아. 아무 소리도 들리
지 않아. 왜 비명을 지르지 않는 거지, 저 남자는? 아! 누군가
가 나를 죽이려고 하면, 난 비명을 지를 거야, 발버둥을 칠 거
야. 난 죽기 싫으니까. 매우 쳐라, 쳐, 나아만. 치라니까…….
아니, 그래도 아무 소리도 들리지가 않네. 무섭도록 고요해.
아! 뭔가 땅에 떨어지는 소리가 났어. 뭔가 떨어졌는데. 사형
집행인이 칼을 떨어뜨린 게로구나. 겁을 먹은 거야, 저 노예
놈! 사형집행인이 칼을 떨어뜨리다니. 감히 그를 죽일 수가 없
는 게로구나. 이 겁쟁이 노예놈 같으니! 병사들을 보내야겠어.
(헤로디아의 시녀에게 말한다.) 이리와! 넌 죽은 시리아인 대장과
는 친구 사이였지, 그렇지? 글쎄, 하나 죽은 걸로는 어림도 없
지. 병사들에게 아래로 내려가 내가 청한 것, 폐하께서 약속
하신 것, 내 것을 가져오라 이르라. *(헤로디아의 시녀가 뒷걸음친*

〈춤의 보상〉

다. 살로메가 병사들에게 말한다.) 이리 오라, 병사들이여. 우물로 내려가 요카난의 머리를 내게 가져오라. (*병사들은 자리를 피한다.*) 폐하, 폐하. 병사들에게 요카난의 머리를 제게 가져다주라 명하소서. (*검은 피부의 두꺼운 팔. 사형집행인의 팔이 요카난의 머리를 얹은 은쟁반을 받쳐 들고 우물 밖으로 나온다. 살로메가 쟁반을 빼앗아 든다. 헤롯은 망토로 얼굴을 가린다. 헤로디아는 미소를 지으며 부채질을 한다. 나사렛인들이 무릎을 꿇고 기도하기 시작한다.*) 아! 요카난이여, 그대는 내가 입맞추는 것을 원치 않았지. 좋아! 자, 이제 내가 그대 입술을 범할 테야. 잘 익은 과일을 깨물듯 그대 입술을 이빨로 깨물 테야. 그래, 그대 입술을 범할 테야, 요카난. 내가 전에 말했지, 안 그래? 내가 말했잖아. 자, 이제 그 입술을 범할 테야……. 그런데 왜 날 바라보지 않는 거지, 요카난? 그렇게도 공포와 분노와 경멸로 가득했던 눈이 지금은 감겨 있구나. 어째서 눈을 감고 있는 거야? 눈을 떠! 눈꺼풀을 들어 올리라니까, 요카난. 왜 나를 쳐다보지 않는 거야? 내가 무서운 거야, 요카난? 그래서 나를 쳐다보기 싫은 거야? 그대의 혀는 독을 내뿜는 붉은 뱀 같았는데, 지금은, 움직이지 않는구나, 아무 말도 하지 않는구나, 요카난. 나에게 독을 토해 내던 붉은 살무사여! 이상하지, 붉은 독사가 더 이상 꿈쩍도 하질 않으니……. 어찌 된 거지? 당신은 나를 원하지 않았어, 요카난. 당신은 나를 거부했어, 요카난. 나에게 치욕스러운 말을 했어, 요카난. 당신은 나를 창녀 취급했어, 매춘부 취급했어, 요카난. 나를, 이 살로메를, 헤로디아의 딸을, 유대 왕국의 공주를! 그런데, 요카난, 나는 여전히 살아 있지만, 하지만 당신은 죽었고 당신 머리는 이제 내 것이야. 난 내가 원하는 것은 뭐든지 할 수 있어. 당신 머리를 지나가는 개

한테 줄 수도 있고 저 하늘의 새들한테 던져 줄 수도 있어. 개가 먹다 남기면, 새들이 먹겠지……. 아! 요카난, 내가 사랑했던 유일한 남자 요카난. 다른 남자들은 하나같이 구역질이 날 것 같아. 하지만 당신, 당신은 아름다웠어. 당신의 몸뚱이는 은 받침 위에 세운 상아 기둥이었어. 비둘기가 날고 은으로 만든 백합이 만발한 정원이었어. 상아 방패로 장식한 은 탑이었어. 당신 몸처럼 하얀 것은 세상에 없었어. 당신 머리카락처럼 검은 것도 세상에 없었어. 당신 입술처럼 붉은 것도 이 세상에 없었어. 당신의 목소리는 신비로운 향기를 퍼뜨리는 향로였고, 당신을 처음 본 순간, 낯선 음악 소리가 들렸어. 아! 어째서 나를 쳐다보지 않은 거야, 요카난? 넌 손으로 얼굴을 가렸고 악담과 저주 뒤로 숨었어. 신을 보는 자라는 휘장으로 눈을 덮었어. 그래, 요카난, 그대는 보았어, 그대가 모시는 신을. 하지만, 나를, 이 나를…… 봐 주지 않았어. 만약 나를 봤더라면, 날 사랑했을 텐데. 난 너를 보았어, 요카난. 그리고 널 사랑하게 되었지. 오! 내 얼마나 너를 사랑했는지, 그리고 여전히 너를 사랑해, 요카난. 나는 오직 너만을 사랑해……. 나는 네놈의 아름다움에 목이 타. 나는 네놈의 몸뚱이에 굶주렸어. 포도주도 과일도 내 욕망을 달랠 수는 없어. 이제 난 어떻게 해야 하지, 요카난? 강물도 바닷물도, 내 불타는 마음을 끌 수 없는데. 난 공주였건만, 네놈은 나를 거절했어. 난 처녀였건만, 네놈은 나를 짓밟았어. 난 순결했건만, 네놈은 내 핏줄에 불을 놓았어……. 아! 아! 어째서 나를 보지 않은 거야, 요카난? 나를 보기만 했더라면, 나를 사랑했을 거야. 나를 사랑했을 거라구……. 오! 죽음보다 위대한 사랑의 신비여, 우리는 오직 사랑만을 바라보아야 할지니…….

헤롯

괴물이야, 당신 딸은. 정말이지, 괴물이야. 저 아이는 엄청난 죄악을 저질렀어. 이는 미지의 신에 대한 죄악이리라.

헤로디아

제 딸은 마땅히 해야 할 일을 했을 뿐입니다. 그리고 전 이제 이 자리에 더 머물고 싶어졌습니다.

헤롯

(일어서며) 아! 근친상간의 죄를 범한 내 아내여, 잘도 지껄이는 구나! 여봐라! 더는 여기에 있고 싶지 않다. 불행한 일이 일어날 게 분명하니까. 마낫세야, 이사카야, 웃시아야, 햇불을 끄거라. 아무것도 보고 싶지 않구나. 누가 나를 보는 것도 싫구나. 햇불을 끄거라. 달을 가리거라! 별을 가리거라! 궁전 안으로 숨읍시다, 헤로디아여. 아, 두려워지는도다!

(노예들이 햇불을 끈다. 별이 사라진다. 크고 검은 구름이 흘러와 달을 완전히 가린다. 무대가 칠흑처럼 어두워진다. 헤롯이 계단을 오르기 시작한다.)

살로메의 목소리

아! 네 입술에 입을 맞췄어, 요카난. 내가 네 입술에 입을 맞췄다니까. 입술에서 쓴맛이 나는데. 피 맛인가? ……아마도 이건 사랑의 맛일 거야. 사랑은 쓸쓸하다고 하지……. 그래서? 그게 어쨌는데? 내가 네 입술을 범했어. 요카난, 내가 네 놈 입술을 더럽혔다고.

〈절정〉

(달빛이 살로메 위로 쏟아지며 그녀를 비춘다.)

헤롯

(돌아서서 살로메를 바라보며) 저년을 죽여라!

(병사들이 뛰어나와 헤로디아의 딸이자 유대 왕국의 공주. 살로메를 방패로 짓눌러 죽인다.)

(막이 내린다.)

〈살로메의 매장〉

마가복음 6장 22절~28절

[22]헤로디아가 딸을 불러 춤을 추게 하여 헤롯과 그와 나란히 앉은 자들을 기쁘게 하였나니, 헤롯이 소녀에게 이르기를 무엇이든지 원하는 것을 내게 청하라 내가 주리라 하였고 [23]또 맹세하기를 무엇이든 내게 청하면 왕국의 절반이라도 주리라 하니라. [24]그러자 소녀가 자리에서 나가 그 어미에게 묻기를, 내가 무엇을 청하리이까 하매 그 어미가 답하여 말하기를 세례 요한의 머리를 청하라 하니라. [25]소녀가 급히 헤롯에게 돌아와 청하여 이르기를, 세례 요한의 머리를 쟁반에 얹어 주기를 청하옵나이다 하더라. [26]헤롯이 심히 근심하였으나 자기가 한 맹세와 나란히 앉은 자들 탓에 그 청을 거절할 수가 없는 바 [27]곧 망나니 하나를 보내어 요한의 머리를 가져오라 명하니, 그가 가 감옥에서 요한을 참수하여 [28]그 머리를 쟁반에 얹어 소녀에게 주었는즉 소녀가 이것을 그 어미에게 가져다 주니라…….

광야의 세례 요한
구이도 레니(1575~1642)

살로메
앙리 르뇨(1843~1871)

본문 참고용 색인(가나다 순)

가버나움 갈릴리 바다 북쪽에 있는 팔레스타인의 도시.

갈대아 바빌로니아의 남부 지방.

갈릴리 바다 이스라엘 북동부의 담수호. 갈릴리해 또는 갈릴리호.

감람석 마그네슘과 철 성분을 함유하는 녹색 광물로, 보석으로 가치가 있는 투명한 감람석을 귀감람석이라고 한다.

감송향 마타릿과 풀의 뿌리를 말린 것으로 향기가 나며 약재로 쓰인다.

나사렛 이스라엘 갈릴리호 남부의 고대 도시. 예수의 고향.

남보석 터키옥. 구리, 알루미늄, 인 따위를 함유한 불투명한 푸른색 보석.

녹옥수 산화니켈 성분을 포함한 석영질 광물로 녹색을 띤다.

녹주석 베릴륨을 포함하는 육각기둥 모양의 푸른색 광물로 투명한 것은 보석의 재료가 된다.

누미디아 B.C 3세기 북아프리카에 존재한 왕국으로 현재의 알제리 지역.

누비아 고대 아프리카 북동부 지명으로 현재 수단 북동부에 해당한다.

단백석 오팔. 불투명, 반투명하고 보는 각도에 따라 다른 빛을 내는 광물.

도금양 이스라엘과 레바논에서 흔히 볼 수 있는 상록의 관목으로 가지가 매우 무성하며 흰 꽃이 피고 줄기와 잎에 향유가 함유되어 있다.

마노 화산암의 빈 구멍 내에서 석영, 옥수 등이 차례로 침전하여 생긴 광물로 단면이 눈알 모양이다.

모압 사해 동부의 모아브 고원(현재 요르단)에 번영했던 고대 민족.

바리새인 율법을 엄격히 준수하고 천사와 부활을 믿었던 유대교 분파.

바빌론 이라크 바그다드 남부에 번성한 고대 도시. 바벨탑으로 유명하다.

바실리스크 닭의 몸에 뱀 꼬리가 달린 새로 알려진 상상의 동물로 독을 품은 숨을 뿜으며 바실리스크와 눈을 마주치면 죽는다

백부장 로마의 군사 편제로 병사 백 명을 통솔하는 지휘관.

보스라 고대 에돔(시리아 남서부)의 요새 도시.

분봉왕 로마 제국이 유대를 간접 지배하기 위해 임명한 왕.

사두개인 세속적이고 정치적인 성향이 강했던 유대교 분파로 천사나 부활을 믿지 않았다.

사마리아 고대 이스라엘 왕국의 수도로 외세의 잦은 침략을 받았다. 오랫동안 이민족이 섞여 들어와 혈통의 순수성이 파괴되었다고 생각한 유대 왕국의 사람들은 사마리아인들을 같은 민족으로 여기지 않았으며 혐오했다. 현재 이스라엘 중북부 지역에 해당한다.

사모트라키아 에게해 북쪽에 있는 그리스의 섬.

석녀 아이를 낳지 못하는 여자를 얕잡아 부르는 말.

석류석 갈색, 검정색 등 어두운 광석에 붉은 광택이 나는 광석이 섞여 있는 옥의 일종.

석청 나무나 바위틈 등 야산이나 들판에서 채집한 야생 벌꿀.

세르브 현재의 발칸반도 지역.

세이렌 그리스 신화 속 동물로 여자의 얼굴에 독수리의 몸을 가졌으며 암초가 많은 바다에서 아름다운 노래로 선원을 유혹하여 배를 난파시킨다.

소돔 팔레스타인 사해 근방의 고대 도시로 성적 문란과 도덕적 퇴폐로 인해 멸망했다.

스미르나 터키의 고대 도시로 현재의 이즈미르 지역이며 이스탄불에 버금가는 항구 도시.

스토아학파 고대 그리스에 유행한 철학으로 인간의 행복은 정신과 영혼의

안정에 있으며, 이를 위해 감정과 욕망을 버리는 금욕주의를 주장하였다.

시칠리 이탈리아 남부의 섬으로 지중해에서 가장 큰 섬이다.

아르테미스 그리스 신화에 등장하는 달의 여신(디아나).

아마 린넨 섬유의 재료가 되는 풀.

아시리아 B.C 24세기~B.C 5세기까지 메소포타미아 북부 지역에서 티그리스강을 중심으로 번성한 고대 국가.

에돔 이스라엘 남부 사해 주변과 요르단의 산악 지방.

에오스 그리스 신화에 등장하는 새벽의 여신(아우로라).

엘리야 용기와 신앙심을 겸비한 예언자로 불타는 말이 끄는 병거를 타고 하늘로 올라갔다.

옥수 미세한 석영 결정이 조밀하게 집합하여 이룬 광물.

요카난 세례사 '요한'을 그리스어 음으로 읽은 것.

우상 숭배 대상으로 삼기 위해 금속, 돌, 나무 등으로 만든 동물의 형상.

월장석 투명하거나 반투명한 유백색 광물로 보는 각도에 따라 푸른 광택이 돈다.

유대 왕국 B.C 10세기 경 이스라엘 왕국이 남북으로 분열하여 팔레스티나 (현재 이스라엘 일대) 남부에 세워진 왕국. 수도는 예루살렘이며 B.C 6세기 경 바빌로니아 제국의 침략으로 멸망했다.

유대인 고대 이스라엘 왕국이 분열하여 남부에 건국한 유대 왕국의 후손으로, 유대교를 기반으로 형성된 민족.

유프라테스 터키에서 발원하여 시리아와 이라크를 흐르는 서아시아 최대의 강.

이방인 유대인이 다른 민족을 일컫는 말.

일곱 너울의 춤 일곱 개의 너울을 차례로 벗으며 나체가 되어 추는 벨리댄스로 상상할수 있다.

자수정 변종 석영으로 이산화철을 함유하여 보라색을 띤다.

진사 광택을 띠는 진한 붉은색 광물로 안료나 수은의 원료가 된다.

천부장 로마의 군사 편제로 병사 천 명을 통솔하는 지휘관을 일컫는다.

청옥 사파이어.

카이사르 로마 황제의 칭호. 여기서는 티베리우스(B.C 42~A.D 37) 황제.

카파도키아 터키 중부 아나톨리아 중동부를 일컫는 고대 지명.

켄타우로스 그리스 신화 속 동물로 상반신은 사람, 하반신은 말의 모습을 한 반인반마. 인간의 지성을 가졌지만 야수처럼 난폭하고 음탕하다.

키프로스 지중해 동부 터키와 인접한 커다란 섬.

티레 레바논 남부 연안에 있는 도시로 섬이었으나 알렉산더 대왕이 바다를 매립하여 육지와 연결했다.

팔레스타인 유대 왕국이 세워진 지역으로 현재 이스라엘과 팔레스타인 가자 지구 일대.

풋신자석 지르콘. 다이아몬드와 유사한 광택을 가진 광물로 남자에게 성공과 번영을 가져다준다.

할례 갓난 사내 아이의 생식기 끝 껍질을 잘라내는 의식.

호마노 붉은 줄무늬 마노.

호박 송진 따위가 땅에 묻혀 굳어진 황색 투명한 광물.

홍옥 루비.

황옥 토파즈.

회벽 흰 석회를 발라 굳힌 벽.

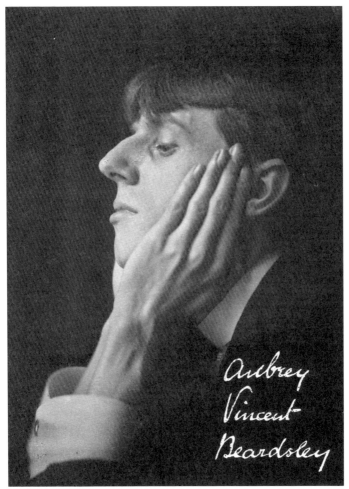

그린이 | 오브리 비어즐리Aubrey Vincent Beardsley

1872년 영국 태생의 삽화가. 일본 목판화의 영향을 받아 가는 선과 흑백의 대비가 강렬한 삽화 영역을 확립했으며 장식적 요소가 풍부한 아르누보 양식의 포스터 발전에 큰 영향을 끼쳤다. 1898년 폐결핵으로 사망. 향년 25세.

CLASSICO

Part of Cow & Bridge Publishing Co.
Web site : www.cafe.naver.com/sowadari
3ga-302, 6-21, 40th St., Guwolro, Namgu, Incheon, #402-848 South Korea
Telephone 0505-719-7787 Facsimile 0505-719-7788 Email sowadari@naver.com

OSCAR WILDE

SALOMÉ

First original edition published by
Librairie de l'Art Indépnndant, Paris & The Bodley-Head, London
This recovering edition published by Cow & Bridge Publishing Co. Korea
2019 © Cow & Bridge Publishing Co. all rights reserved.

살 로 메

지은이 오스카 와일드 | **옮긴이** 이한이 | **그린이** 오브리 비어즐리
디자인 Edward Evans Graphic Centre
1판 1쇄 2019년 4월 19일 | **발행인** 김동근 | **발행처** 도서출판 소와다리
주소 인천시 남구 구월로 40번길 6-21 제302호
대표전화 0505-719-7787 | **팩스** 0505-719-7788 | **출판등록** 제2011-000015호
이메일 sowadari@naver.com
ISBN 978-89-98046-87-3 (04840)

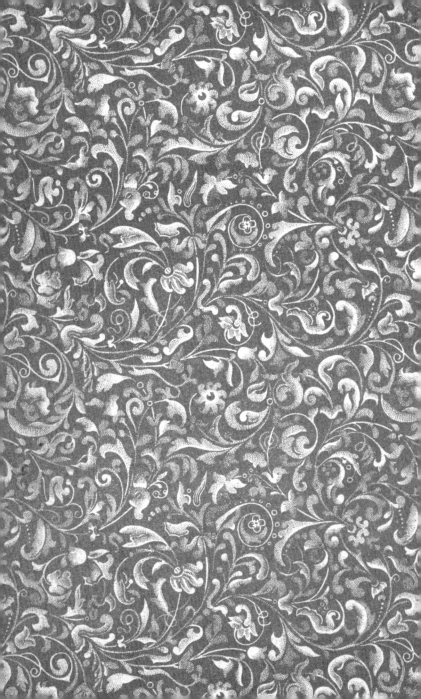

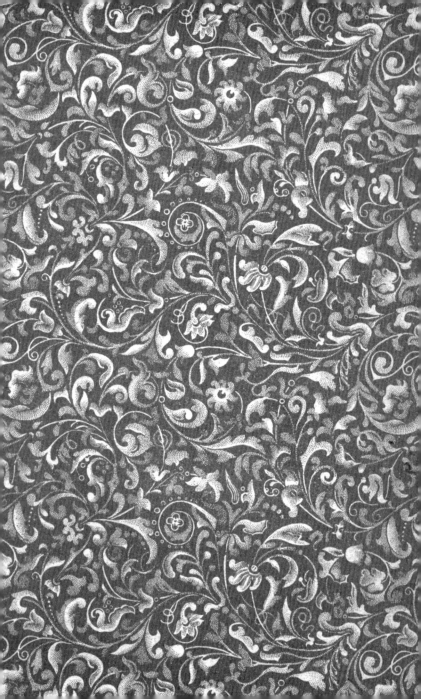

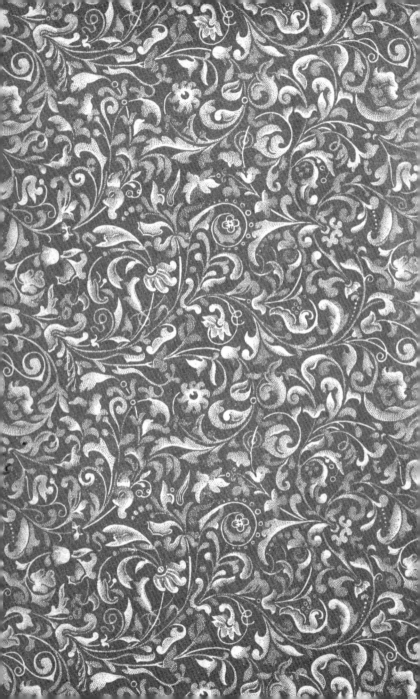

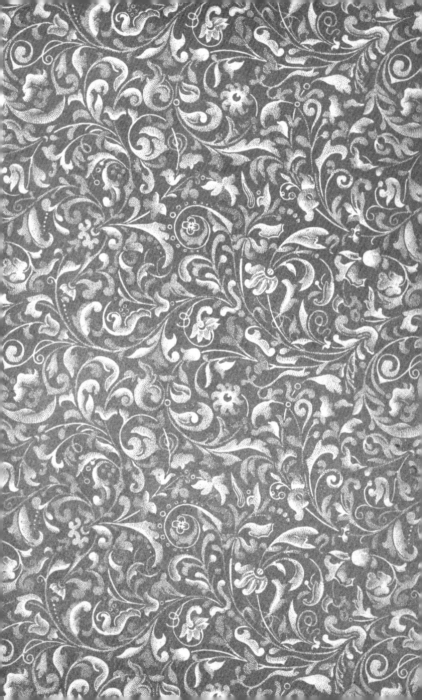